눈물소리가 들렸어요

NAMIDANO OTO KIKOETANDESUGA
Copyright © HARUKA KANARI 2023
All rights reserved.
Originally published in Japan in 2023 by Poplar Publishing Co., Ltd.
Korean translation rights arranged with Poplar Publishing Co., Ltd.
through BC Agency

이 책의 한국어 판 저작권은 BC에이전시를 통해
저작권자와 독점계약을 맺은 해피북스투유에 있습니다.
저작권법에 의해 한국 내에서 보호를 받는 저작물이므로
무단전재와 복제를 금합니다.

눈물 소리가 들렸어요

가나리 하루카 장편소설
장지현 옮김

해피북스
투유

✦ 차례

1장 울보, 켄 선배   7

2장 엄마의 슈크림   33

3장 세라의 이유   59

4장 나만 그런 게 아니었어   87

5장 선인장의 꽃말   119

6장 나의 거짓말   143

작가의 말   171

우연히 그곳을 지나갔던 게 아니다.

여기서 울고 있는 걸 알아서 온 것이다.

선배는 분명 실수한 것이다. 방심한 틈을 파고든 것이다.

눈물을 멈추려고 서둘러 눈 안쪽 수도꼭지를 돌린 것까지는 좋았는데, 반대 방향으로 잘못 돌리는 바람에 감출 수 없을 정도로 흘러내리는 소리가 났다.

"무슨 일이야?"

선배가 눈에 고인 눈물을 슥 훔쳐내며 말했다.

"1학년 사토이 미온이에요."

2학년 다카사카 켄 선배는 우리 중학교의 학생회장이다. 그 선배에 대해서 반 아이들은 친절하다고 했던가, 멋있다고 했던가. 꺅꺅거리며 이야기하는 걸 들은 적이 있다. 우상이나 다름없는 선배가 학교 뒤뜰에서 건물을 등진 채 다리를 끌어안고 잔뜩 웅크려 앉아있었다.
"눈물 소리 다 들었어요."
눈가가 붉어진 선배 앞에 쭈그리고 앉았다.
'선배, 그렇게 방에 날아든 벌 보듯 보지 마시죠'라는 말을 삼키고 선배를 바라봤다. 여자애들이 호들갑을 떨 정도로 반듯한 얼굴. 그중에서도 새까만 눈동자가 눈물에 젖어 반짝반짝 빛이 났다.
"지금은 혼자 있고 싶은데."
때마침 점심시간이 끝났음을 알리는 종이 울렸다.
'안 그래도 오늘은 인사만 할 생각이었다고요' 하는 속마음을 삼키고 아무렇지 않은 척하며 일어났다.
"그럼 또 봬요."
초여름 햇볕 아래 선배를 남겨두고 자리를 떠났다.
내게 무얼 하고 싶은 거냐고 묻는다면, 답은 정해져 있다. 사람의 약점을 잡아 나의 작은 부탁을 들어달라고 하는 것뿐이다.

◆

 조금 늦은 저녁을 먹던 오빠가 닭튀김을 집으려다가 젓가락질을 멈추고 말했다.
 "야마모토 씨는 오늘도 울고 있네."

 야마모토 씨는 우리 집 위층에 살고 있는 사람이다. 까만 긴 머리가 정말 예쁜 사람인데 얼마 전 아기를 낳고 엄마가 되었다.
 "갓 태어난 아기를 돌보는 게 이렇게 매일 울 정도로 힘든 일이야?"
 오빠와 같은 생각을 하고 있던 나는 혼자 중얼거렸다.
 "미온, 나오키 키울 때는 엄마도 혼자 자주 울었단다."
 "그랬어?"
 아빠가 된장국을 후루룩 마시다 멈칫하고 말했다.
 "그때만큼 너희 아빠가 눈물 소리를 들을 수 없다는 걸 원망한 적이 없었어."
 "그런 말을 해봤자……."

 야마모토 씨의 남편은 타지에서 일하는 중이라 가끔

집에 온다고 했던 것 같다. 내 귀에도 눈물 소리가 또렷이 들렸다. 꽉 잠그지 않은 샤워기에서 흘러내리는 물처럼 아주 적은 양의 눈물이 계속 떨어지고 있었다. 야마모토 씨가 이웃에 폐가 될 정도로 크게 울고 있는 건 아니었다. 아빠를 제외한 우리 가족의 특별한 집안 내력 때문에 들리는 것이다.

엄마를 비롯한 오빠와 나는 특정한 소리에 귀가 밝다. 눈물에 관련된 모든 소리를 들을 수 있다. 눈물이 눈 안쪽에서 움직이기만 해도, 눈에서 흘러나올 때도, 그러다 어딘가에 떨어지는 것도 전부 들을 수 있다. 오빠는 고작 반경 5미터 정도의 소리만 들을 수 있지만, 나는 15미터 이내 있는 사람이 소리 죽여 몰래 울고 있다고 해도 알아차릴 수 있다. 엄마는 더 넓은 범위까지 들을 수 있는 듯하다. 우리의 특별한 귀는 눈물 소리에 한정된 것이라 다른 소리는 보통 사람들과 똑같이 들렸다.
"내가 어렸을 때는?"
이유는 모르겠지만, 아기 울음 소리는 예외였다. 보통 한 살 정도인 아기의 울음은 보통 사람과 별반 다를 것 없이 들렸다.

"미온 때는 정신이 없어서 잘 기억이 안 나네."

엄마는 오빠와 연년생인 내가 태어났을 때 너무 힘들었다고 자주 말했다.

"야마모토 씨, 괜찮을까?"

'오빠, 눈물 소리가 들릴 때마다 그런 생각을 해?'

사춘기가 시작되고 나서부터는 보통 사람에게는 들리지 않는 소리가 들려오는 게 귀찮았다. 나는 일일이 다 걱정할 수 없었다.

"출산하고 나면 다 끝인 것 같지만, 정말 힘들어. 하루 종일 아이 돌봐야 하지, 몸은 임신 전처럼 돌아오지도 않지. 그래도 이렇게 우는 거라면 아직 괜찮은 거 아닐까."

엄마는 이 능력과 오랜 시간 함께한 만큼, 눈물이 눈 안쪽에서 출발해 밖으로 나와 완전히 마를 때까지 나는 소리를 완벽하게 구별하여 어떤 감정인지 파악할 수 있었다. 그래서인지 항상 정확하게 사람의 기분을 알아차리고는 티 나지 않게 친절을 베풀었다.

"그래도 꽤 궁지에 몰려있는 느낌이야."

오빠는 엄마만큼은 아니지만 나보다는 눈물에 담긴 감정을 읽는 걸 더 잘했다.

"계속 울면 간식이라도 가지고 어떤지 보러 가볼게."

엄마는 말 뒤에 안심하라는 듯 싱긋 웃어보였다.

"나도 얼른 엄마처럼 감정을 잘 읽었으면 좋겠어."

한숨을 쉬나 했더니 오빠는 숨을 삼키듯 밥을 급히 먹었다. 내 눈에 오빠는 친절하다기보다 그냥 좋은 사람인 척하고 싶은 것처럼 보였다.

"조금 더 크면 그렇게 될 거야."

일부러 친절하게 대하는 것은 내게 귀찮은 일이었다. 더 이상 귀의 능력이 좋아지고 싶지 않은 나는 엄마의 말을 듣는 둥 마는 둥 했다.

"미온, 이 귀를 나쁜 일에 쓰면 안 돼."

왜 이런 말은 나한테만 하는 걸까. 엄마의 말이 귀에 못 박힐 지경이었다.

"알았다니까."

나는 그냥 눈물 소리가 들려 들었다는 사실을 상대방에게 알려줄 뿐. 협박 같은 건 하지 않았다.

♦

선배의 눈물 소리를 처음 들은 건, 황금연휴가 끝날 때쯤이었던가. 내 자리는 학교 건물 3층에 있는 1학년 2반 교실의 창가였다. 친구가 없는 나는 책상에 팔꿈치를 괴고 앉아 좋아하는 미스터리 소설을 읽고 있었다. 그때 아래층에서 소리가 들렸다. 2층은 2학년인 오빠의 반이 있는 곳인데. 누가 싸우기라도 하나?

처음엔 단순하게 생각했다. 하지만 눈물 소리는 멈추지 않고 계속 들려왔다. 듣다 보니 그 사람의 눈물은 다른 사람의 눈물보다 뜨거운 것 같았다. 적당한 온도의 욕조 안에 천천히 몸을 담그는 것 같은 기분이 들었다. 한 번에 나오는 양이 절묘한지, 흐르는 소리가 마치 음악 같았다. 눈물이라는 것도 잊고 멍하니 듣고 있었다.

어쩌면 눈물의 출처는 더 아래쪽일지도……. 그렇다면 1층 가정실에서? 지금은 점심시간이라 아무도 없을 텐데…….

며칠 후 점심시간이 되자 또 같은 곳에서 똑같은 눈물 소리가 났다. 전에 울고 있던 사람과 같은 사람이라고 확신하고 몸을 내밀어 창문 밖을 살펴보았다. 아무도 없다고 생각했던 곳에…… 어라?

바로 아래 삐죽 나와있는 다리가 살짝 보였다.

"저 사람이다!"

나도 모르게 소리를 내고 말았다. 교실 안에 있던 몇 명이 내 쪽을 쳐다보았다. 시계를 보니 아직 종이 울릴 때까지 시간이 있었다. 주변의 시선을 흩뜨리듯 재빠르게 교실을 나와 쏜살같이 계단을 뛰어 내려갔다.

어떤 사람일까. 눈물의 주인을 이렇게 만나고 싶었던 적은 처음이었다.

소리를 쫓아 도착한 뒤뜰은 벚나무만 있고, 벤치도 없어서 학생들은 거의 가지 않는 곳이었다. 늘 창밖을 보고 관찰하는 게 습관인 나는 이 사실을 잘 알고 있었다. 가까이 다가가보니, 뜻밖의 인물이 있어 깜짝 놀랐다.

어떤 애들은 프린스라고 부르기도 하는 우리 학교의 유명인이자, 뭐든 '우수'하다는 말이 딱 어울리는 학생회장 다카사카 켄 선배가 있었다.

그렇게 완벽한 사람이 왜 이런 곳에서 혼자 울고 있는 걸까. 전교생이 모이는 자리에서 단상 위에 대표로 서있는 선배를 항상 올려다보았는데, 지금은 아무도 없는 곳에 쭈그려 앉은 선배를 내려다보고 있었다.

나에게는 마음속으로 만세를 불렀던 순간이지만, 어쩌면 선배에게는 최악이었을, 켄 선배와 나의 첫 만남이었다.

그 후로도 선배는 점심시간마다 자주 울었다. 나를 마주치지 않으려고 그러는 건지 뒤뜰이 아닌 체육관 창고 뒤쪽이나 동아리 건물 옆 같은 곳으로 옮겨 다녔다.

"선배, 안녕하세요."

"또 너야?"

오늘은 마땅한 곳이 없었는지, 다시 뒤뜰로 돌아왔다.

"네, 저예요."

"왜 항상 내가 어디 있는지 알고 있어? 스토커야?"

내가 소리를 들을 수 있는 반경은 15미터까지라 학교를 어슬렁거리며 선배의 눈물을 찾아다녔던 건 사실이었다.

"스토커라뇨."

"뭐야, 그럼. 짜증 나."

"눈물 소리가 들려서요."

귀를 기울여 선배의 독특한 눈물 소리를 찾아온 것이었지만, 낚았다고도 할 수 있으려나.

"뭐라는 거야. 웃기지 마."

"선배는 너무 자주 울어요. 평소 선배 모습이랑 너무 달라요."

신경을 쓰고 있었는지 선배는 무릎 사이에 얼굴을 묻

고 웅크렸다.

"무슨 말이 하고 싶은 거야? 매일매일 그만 좀 따라와."

내 목표는 오직 하나.

"학생회장인 선배에게 부탁하고 싶은 게 있어서요."

선배가 크게 한숨을 내쉬었다.

"내가 왜 남의 부탁을 들어줘야 하는 건데."

'엄청 귀찮아하네'라고 속으로 생각하며 말을 이었다.

"선배가 울보였다는 걸 알면 다들 놀라겠죠. 제가 다른 사람한테 말할까 봐 걱정……."

"알겠어, 알겠다고."

선배가 인상을 찌푸리며 내 말을 가로막았다. 지금까지 살면서 이 정도로 상대방이 나를 싫어하는 기색을 내비친 건 처음이었다. 어찌 되었든 이제 겨우 목적을 말할 수 있게 되었다.

"점심 도시락을 교실이 아닌 곳에서도 먹을 수 있게 교칙이 바뀌었으면 좋겠어요."

"도시락?"

다른 부탁을 상상했을지도 모르겠다. 선배는 고개를 갸웃거리고 입을 떡 벌린 채로 나를 바라보았다. 이제 눈물은 그친 것 같았다.

"교실이 아닌 곳에서 먹고 싶어요. 학교 안 어디든 원하는 장소에서 먹을 수 있으면 좋을 것 같지 않나요?"

중학교에 입학하고 나서부터 늘 하던 생각이었다. 선생님께 이유를 여쭈어보아도 '교칙이니까'라고 할 뿐이었다.

"그냥 교실에서 먹어도 되잖아."

"아니요. 그렇지 않아요. 저 말고도 그렇게 생각하는 학생들이 꽤 있을걸요."

여기서 '다수'라는 필살기를 썼다. 친구가 없다는 건 부모님도 알고 있는 사실이라 평소에 무언가를 사달라고 조를 때에 쓸 일은 없었지만.

"교실이 아닌 곳에서 먹고 싶은 건 기분 전환하고 싶어서 아니야?"

점심시간에 교실을 나와 기분 전환하는 게 뭐가 나빠. 내 말에 전혀 동의하지 않는 선배의 모습에 얼굴을 찌푸렸다.

"교실에서 안 먹고 화장실에서 도시락을 먹는 사람도 있어요."

나는 거짓말하는 게 아니다.

"그런 걸 어떻게 알고 있는 거야?"

"저는 귀가 좋아요. 점심시간에 화장실에서 눈물 소리가 자주 들리거든요."

"그럼 따돌림을 당해서 울고 있다는 거야?"

"선배만큼 우는 건 아니에요. 이유까지는 알 수 없죠. 선배, 혹시 따돌림 당하고 있어요?"

선배는 사락사락 머리카락을 흐트러뜨리며 '아니'라고 세게 고개를 저었다.

"나는 네 말대로 울보일 뿐이라고!"

켄 선배의 진짜 모습은 이런 모습인가. 늘 얌전하고 착한 아이인 척하는 건 대외적인 걸까. 그나저나, 스스로 '울보'라고 말한다고?

"전 '네'가 아니라 사토이 미온이에요."

"혹시 사토이 나오키 동생이야?"

"우리 오빠를 알아요?"

"같은 반이야."

"그렇구나……."

처음으로 선배와 일반적인 대화를 나누었다. 늘 선배가 도망가거나 종이 울려 반으로 돌아가야 해 제대로 이야기 나눌 시간이 없었다.

"그럼 사토이 동생이라고 부를게."

갑자기 웃음이 새어나와 나도 모르게 소리 내어 웃고 말았다.

"뭐가 웃겨."

드디어 내 바람을 이뤄줄 수 있는 위치의 사람과 연결되었다. 이 기회를, 선배를 꼭 놓치지 말아야겠다.

"사토이 동생, 성격 나쁘다는 말 자주 듣지?"

"들어본 적 없는데요."

그런 말을 면전에 대고 말해주는 친구가 있었던 적이 없었으니까. 때마침 점심시간이 끝났음을 알리는 종이 울렸다.

"덕분에 그동안 조금 덜 울었을지도 모르겠다. 네가 또 나타날지도 모른다는 생각에 맘 편히 울 수가 없었어."

켄 선배는 그렇게 말하곤 벌떡 일어나 한 손을 흔들며 사라졌다. 그렇게 혼자 뒤뜰에 남겨졌다.

뭐야, 그게. 사람은 아무리 울보라도 슬픈 일이 아니면 울지 않는다. 잘 운다는 것은 그만큼 싫거나 분한 일이 있는 거겠지. 그러니까 아무도 없는 곳에 숨어서 우는 거잖아. 그런데도 저렇게 밝게 말하다니. 바보 아니야? 그렇게 생각하며 교실로 걷기 시작했다. 구름 한 점 없는 맑은 날씨. 그러고 보니 켄 선배의 웃는 얼굴을 처음 봤네. 학생회장으로서 단상 위에서 흩뿌리는 그런 대외용 미소가 아니라, 입이 거친 선배 본래의 웃음을.

♦

"엄마, 음악처럼 우는 사람도 있어?"

학교에서 돌아와 엄마에게 물었다.

"눈물이 음악처럼 들린다는 거니?"

엄마는 베란다에서 거둔 빨래를 나에게 건네며 되물었다.

"응, 그런 느낌이야."

위층에서 아기 울음소리가 들렸다. 온 동네 사람이 들을 정도로 큰 소리였다. 야마모토 씨의 눈물 소리는 아직 들려오지 않았다.

"엄마도 들어본 적이 있어. 학교에 있었니?"

고개를 끄덕이자, 엄마의 눈 안쪽에서 아주 작게 눈물이 번지는 소리가 났다.

"엄마?"

"그랬구나. 잘됐네."

엄마의 눈물은 바깥으로 흐르지 않았다. 엄마는 분명

자신의 눈물이 눈에서 나올 준비를 했다는 걸 알아차렸을 테다. 하지만 아무런 기적도 없었다. 대체 뭐지. 요즘 그다지 없었지만 어렸을 때는 자주 들었던 것 같은, 따뜻하고 부드러운 엄마의 눈물 소리. 우리는 본인의 눈물 소리는 들을 수 없었다.

"눈물이 멜로디처럼 들리는 건 드문 일인 거지?"

"그렇지."

"처음이었어."

그런 나의 말에 엄마는 기쁜 미소를 지었다.

몇 번이나 말했지만 나는 친구가 없다. 이유는 두 가지였다. 첫 번째는 내가 미움을 받고 있기 때문이다. 엄마만큼은 아니더라도 눈물 소리로 사람들의 본심을 대충 다 알 수 있어 그 점에 꽂혀서 나도 모르게 쓸데없는 말을 하게 된다. 그 결과, 다가왔던 사람들도 점점 멀어질 수밖에 없었다. 두 번째는 내가 사귀고 싶다고 생각하지 않기 때문이다. 그도 그럴 것이, 진심을 알고 있는데 모르는 척하는 건 피곤했다. 다들 눈 안쪽에 눈물을 꾹 틀어막으며 관계를 잘 이어나가곤 하지만 소리가 들리는 나에게는 무리였다.

이런 나에게도 중요한 사람은 있다. 초등학교 5학년 때부터 쭉 같은 반이었고, 중학교도 같이 다니게 된 기시다 세라. 인사를 나눈 적은 드물지만, 나는 조용히 응원하고 있다. 반 중심에 있을법한 눈에 띄는 타입은 아니었지만, 나에게는 존재만으로도 힘이 생기는 아이돌 같은 아이다. 친구도 아닌데 어째서 팬이냐고 묻는다면 세라를 존경하기 때문이라고 말할 수 있다.

"세라, 화장실 가자."

쉬는 시간이 되자, 같은 반 친구인 나카모리 마도카가 말했다.

"응, 그래."

노트에 쓰던 걸 멈추면서까지 같이 가주는 거야? 예전에 세라가 나카모리에게 가자고 했을 때 거절당했는데.

이런 일은 교실 곳곳에서 일어나고 있다. 그럴 때 투덜거리면 분위기가 싸해지니까 대부분은 슬픔을 눈 안에 담아두고 끝난다. 하지만 아무리 감정을 숨기려고 해도 나에게는 빤히 들렸다. 그런데 세라는 그런 적이 한 번도 없었다. 다시 말해 쉽게 우울해지거나 누군가를 싫어하지 않는다는 것이다. 천성 자체가 긍정적이었다. 무엇이든 일단 마음속으로 욕설을 내뱉는 나와는 정반대인 사람이었다. 귀가 밝은 채로 살아가는 내 입장에서 보면, 이런 사람은 거의 없었다.

"사야마 선배, 역시 멋있어."

나카모리는 항상 이런 얘기만 했다.

"음, 사야마 선배라면 전에 말했던 방송부 2학년?"

"맞아, 맞아. 목소리도 최고라고……."

두 사람이 옆을 지나쳐 갔다. 당연히 나는 눈을 마주치지 않는다. 그럴 필요는 없으니까. 귀가 얼굴 옆쪽에 붙어있어서 다행이다. 아무도 모르게 정보를 얻을 수 있었으니까.

세라는 울지 않는다. 세라는 강하다. 늘 그렇게 생각해 왔다. 그런데 황금연휴 며칠 전, 세라에게서 처음으로 눈물 소리가 들렸다.

그때는 점심시간이었고 교실에서 도시락을 먹고 있을 때였다. 나는 친구가 없으니 혼자 있었고, 세라는 나카모리와 함께 책상에 둘러앉아 있었다. 눈물이 눈 바깥으로 나오는 소리가 아니라, 눈 안쪽에서 고이는 소리. 그리고 흘러나오지 않도록 얼굴 근육을 굳히고 눈물을 꾹 압축시키는 듯한 소리가 들렸다.

나도 모르게 교실 구석에서 세라의 얼굴을 뒤돌아볼

정도로, 가슴이 조여 오는 소리였다. 초등학교 때 이런 적은 한 번도 없었는데. 솔직히 말하자면 처음에는 실망했다. 역시 세라도 평범한 아이였구나, 하고. 하지만 계속 눈물 소리를 내지 않는 세라였기에 나까지 괴로워졌다. 어떻게든 해결해 주고 싶었다. 남에게 관심 없는 내가 이런 생각을 했다니, 놀라웠다.

세라에게서 소리가 날 때는 도시락을 먹을 때뿐이었다. 나는 세라가 교실에서 도시락을 먹는 게 괴로운 일이라고 생각했다. 그도 그럴 것이 자기밖에 모르는 나카모리가 계속 옆에 붙어있었다. 마음이 힘든 게 어쩌면 자연스러운 현상일지도 모르겠다.

만약, 교실 밖에서도 도시락을 먹어도 된다면 다른 반 친구랑 먹을 수 있잖아. 동아리 친구라든가 초등학교 친구라든가. 그러면 분명 세라는 다시 눈물이 없는 생활로 돌아갈 것이다. 나 역시도 혼자 교실에서 도시락을 먹는 일이 익숙해졌지만, 담임 선생님이 '친구들이랑 같이 안 먹니?'라고 물어보는 것에 질렸다. 화장실은 좁고 냄새 나는 게 싫어서 지금으로서는 꾹 참고 교실에서 점심시간을 보내고 있었다.

방과 후, 켄 선배와 교내를 산책했다. 산책이라기보다는 선배가 운동부와 문화부, 직원실로 비품을 옮기는 데 일방적으로 따라다니는 거에 더 가까웠다.

"그거 들어드릴까요?"

"그럴 마음이 있으면 좀 더 빨리 말하라고."

직원실에서 학생회실로 돌아가는 연결 통로에서, 선배는 파일 몇 개를 팔에 낀 채 인상을 쓰고 말했다.

"아니, 선배는 후배에게 짐을 들게 하고 싶어 하지 않을 것 같아서요."

"친절은 깊이 생각하지 않고 하는 거라고."

선생님의 부탁까지 받다니, 정말이지 착한 건지, 사람이 좋은 건지. 거절을 못 하는 성격인가. 이런 생각을 하던 그때, 여학생 두 명이 다가왔다.

"켄 선배, 안녕하세요!"

인사하고는 생글 웃으면서 지나갔다.

'역시 학생회장. 나는 같은 반 친구에게도 거의 인사 안 하는데. 악기를 들고 있는 걸 보니 기악부인가.'

"안녕. 동아리 활동 열심히 해."

일부러 멈춰서서 대답하는 선배는 조금 전까지 나에게 보여주었던 얼굴은 거짓인가 싶을 정도로 살가운 미소를 띤 얼굴이었다.

"선배, 화장실에서 밥 먹는 사람, 1학년에만 있는 게 아니에요."

왜 소중한 방과 후까지 선배와 함께 있냐면, 교칙 개정을 설득하기 위해서다.

"언제 알아본 거야."

"눈물 소리가 들린다니까요. 못 믿겠다면 내일 점심시간에 증명할게요."

귀의 능력에 대해 다른 사람에게 말하면 안 된다는 규정은 없다. 말하더라도 그걸 믿느냐 마느냐는 상대방에게 달렸기 때문이다.

"그럼, 점심 다 먹고 바로 우리 교실로 와. 그러고 나서 화장실로 알아보러 가자."

하급생이 상급생 교실에 가는 것이 어려운 일이라는 걸 회장이라는 사람이 모른다니.

"선배가 우리 교실로 와도 되잖아요?"

"어?"

"궁금한 건 선배니까요."

"나는 바빠."

"그럼 됐어요, 울보 선배."

결국 켄 선배는 져주었다. 반 애들이 착하다고 떠들어 대더니 거짓말이 아니었네. 이걸로 나는 평소처럼 천천히 도시락을 먹을 수 있게 됐다.

다음 날 점심시간. 내 자리에서 혼자 점심을 먹고 있었는데, 반 친구 한 명이 나를 불렀다. 고개를 들어보니 문 너머로 켄 선배의 싱긋 웃는 얼굴이 보였다. 대외용인, 단상 위에서 말할 때의 선배다. 시계를 보니 생각했던 시간보다 꽤 일렀다. 일부러 천천히 걸어서 가까이 다가가니, 선배는 대놓고 얼굴을 찡그렸다. 표정에는 '친구 없어?'라는 말이 쓰여있는 것 같았다.
"친구 없으면 안 되나요?"
반 학생들의 시선이, 등 뒤에서 느껴졌다.
"그야, 안 될……."
조금 전 선배의 미소를 흉내 내어, 나도 비슷한 표정을 지어보였다.
"……곤란하지도 않나?"
"전혀요. 혼자라서 속 편해요. 게다가 책 읽다 보면 시간도 금방 지나가요."
"그럴 수도 있겠지만……."

"그룹을 만들어야 할 때라든지, 가끔 귀찮을 때도 있지만 굳이 말하자면 주변에서 곤란해하는 거죠."

"역시, 그건 별로잖아."

분명 이럴 때는 '친구가 없어서 외로워요, 힘들어요' 같은 반응이 일반적일지도 모르겠지만, 나는 절대 그런 생각을 하지 않는다. 눈물 소리가 들리는 덕분에 사람의 약점을 파악할 수 있으니 필요하다면 언제든 테두리 안에 들어가는 협상을 할 수 있다고 믿는다. 획 뒤돌아보니 다들 후다닥 옆에 있는 친구나 책상 위 도시락으로 시선을 돌렸다.

"빨리 가자."

켄 선배 뒤를 쫓아가려고 하자, 다시 등 뒤에 시선이 꽂혔다.

"사토이 동생, 만약에 교칙이 바뀐다면 도시락 어디서 먹고 싶어?"

혹시 선배는 내가 센 척하고 있다고 생각하는 걸까.

"글쎄요······. 생각해 본 적 없어요. 저는 딱히 꼭 교실이 아닌 곳이어야 하는 건 아닌데요."

"엇, 그러면 왜······."

"선배, 여자 화장실에 있어요."

마침 1학년이 사용하는 화장실 앞이라, 선배의 말을 멈추게 하려고 검지를 쑥 내밀었다.

"뭐가?"

"화장실에서 도시락 먹는 사람이요."

"어떻게 알았어?"

"눈물 소리가 들린다니까요."

"그런데 나는 안 들려. 어떻게 듣고 있는지 증명해 봐."

"기다려 보면 되잖아요."

나는 그렇다 쳐도, 여자 화장실 앞에서 선배가 우뚝 서있을 수도 없으니, 우리는 화장실 문이 보이는 비상계단으로 이동했다.

"도시락을 가지고 있는 학생 따윈 없다고."

몇 명의 학생이 화장실에 들어갔다가 나왔다. 나는 귀에 의식을 집중했다. 이제 눈물 소리는 잦아들었으니 슬슬 나올 때가 됐는데. 옆에서 선배가 크게 한숨을 쉬는 바로 그때, 화장실에서 혼자인 여학생이 배를 붙잡고 나왔다. 학생은 재빠르게 우리 옆을 지나갔다.

"지금!"

선배와 동시에 소리를 질렀다. 세일러복 아래 숨기고 있는 것이, 분명히 보였다. 빨간 주머니에 들어있는 도시락으로 추정되는 물건이.

"진짜야?"

몇 번이나 눈을 깜박이면서 종종걸음으로 사라지는 학생의 뒷모습을 선배는 가만히 바라보았다.

"정말 화장실에서 도시락을 먹는 사람이 있구나……."

다시, 선배에게서 눈물 소리가 새어나왔다. 화장실에서 점심을 먹는 사람이 있다는 사실에 마음 아파하고 있다.

"그러니까, 있다고 했잖아요."

한참 동안 눈물 소리는 멈추지 않았다. 눈에서 눈물은 한 방울도 나오지 않는데도, 계속 울고 있었다. 그것은 역시나 아름다운 음악이었다.

오늘도 야마모토 씨의 눈물 소리가 들렸다. 며칠 전과 비교하면, 소리가 조금 바뀐 것 같다. 그렇다고 해서 어떤 심경의 변화가 있는지까지는, 나도 잘 모르겠다.
"소리가 별로 좋지 않네."
저녁 식사를 하던 엄마가 천장을 올려다보았다.
"육아 노이로제 낌새가 보여."
"우리가 할 수 있는 일이 없을까?"
오빠의 젓가락질이 멈추었다.
"우는 사람을 일일이 다 신경 쓴다고 해결되는 건 아니잖아."

나의 말에, 두 사람은 차가운 시선을 보냈다.

"미온, 그런 녀석이었어?"

'내가 차갑다고 말하고 싶은 거야? 오빠는 너무 뜨거워. 일반적인 귀를 가진 사람들은 모르니까, 그냥 내버려 두면 되잖아.'

"내 일로 벅찰 때는 엄마도 어려워. 그래도 알았을 때, 할 수 있는 범위에서 행동하지 않으면 스스로가 싫어질 거야."

엄마는 내 마음을 안다는 듯 타이르며 슈크림이라도 만들어서 가져다주어야겠다고 말했다.

슈크림은 엄마가 가장 잘 만드는 간식이다. 커스터드 크림과 생크림, 초콜릿 크림 세 종류가 있고 슈 하나에 두 가지 크림을 넣는다. 어떤 크림이든 좋아하는 나를 위해, 엄마는 딱 하나 모든 종류의 크림이 들어간 '당첨 슈'를 만들어 주기도 한다. 그 정도로 무척 좋아하는 슈크림을 최근에는 잘 만들어 주지 않았는데, 오랜만에 만드는 게 나와 오빠를 위해서가 아니라 남을 위해서라고?

갑자기 가슴이 꽉 막혔다. 뭐, 남을 걱정하는 건 중요한 일이긴 하지만.

"미온 몫도 꼭 남겨둘게."

나도 모르게 눈을 질끈 감았다.

또 해버렸다.

분명 가슴이 꽉 막혔던 순간에, 눈 안에서 눈물이 번졌겠지. 눈물이 맺힌 이유를 엄마가 놓쳤을 리 없다.

"그런 거 아닌데."

"미온은 먹보구나."

아무것도 모르는 아빠는 그렇게 말하며 텔레비전을 켰다. 텔레비전에서는 마침 '육아 고민 상담' 프로그램이 나오고 있었다.

켄 선배도 그렇고, 엄마랑 오빠는 왜 그렇게 타인의 슬픔에 민감한 걸까. 피곤하기만 할 뿐인데. 피곤하면 인간은 약해지잖아. 나는 약한 게 제일 싫다.

◆

"학생회 고문 선생님께 상담해 볼게."

화장실에서 도시락 먹는 사람의 존재를 직접 눈으로 본 선배는 이렇게 말하고 교실로 돌아갔다.

"잘 부탁해요."

제대로 얼굴을 보고 말했으면 좋았을 텐데. 이를 악물

고 눈물을 참고 있는 선배에게 그러지 못했지만, 무의식 중에 뒷모습에 대고 작게 말했다.

선배는 우수한 사람이니까, 분명 교칙은 바뀔 것이라고 쉽게 생각했다.

◆

"고문 선생님이 의지가 없어."

다음 날 점심시간, 선배의 부름에 학생회실로 향했다. 처음 가본 학생회실은 생각보다 작고 잘 정리되어 있었다. 천장에는 책상 위에 있는 것과 똑같은 책등이 파란 파일이 죽 늘어서 있었다. 선배의 큰 한숨 때문에 책상 위의 지우개 가루가 날아갔다.

"무슨 말이에요?"

학생회 고문인 사회과의 스기노 선생님은 항상 권태로운 느낌의 남자 선생님이다. 선생님인데도 수업 중에 자주 하품을 해서 늘 눈물 소리가 들렸다.

"교실 밖에서 먹게 되면 쓰레기가 나올 거라는 둥 이런저런 이유를 댔어. 맞는 말이긴 한데, 그런 문제보다는 귀찮은 게 큰 것 같아."

"포기하지 않을 거죠?"

선배는 고개를 크게 끄덕였다.

"서명 운동이 가장 빠른 길일 것 같아."

벌써 서명 용지를 준비했다며, 선배 이름만 적혀있는 종이를 책상에 펼쳐 놓았다. 역시 선배는 생각했던 대로 일 처리가 빨랐다. 나도 서명하기 위해 볼펜을 들었다.

"사토이 동생, 아니 사토이. 부탁이 있는데."

고개를 들자, 선배가 고개를 숙이고 있었다. 학생회실로 불렀을 때부터 무언가 있다고 생각했지만, 교칙을 바꾸기 위해 도와달라는 것이라면 부탁하지 않아도 되는데.

"서명 운동이라면 저도 도울 건데요?"

"그것도 그렇지만, 이대로 교칙이 개정됐다고 해봐. 도시락을 교실이 아닌 곳에서 먹을 수 있게 되더라도, 지금 화장실에서 먹는 사람에게는 그다지 의미가 없는 게 아닐까, 하는 생각이 들어서."

"무슨 말이에요?"

"남의 눈을 피하고 싶어서 화장실에서 먹는 건데, 교실 밖이라고 해도 누군가가 본다면 결국 그 사람들에게는 달라질 게 없는 거 아닐까. 좀 더, 교칙을 바꿔야 하는 이유에 대해 진지하게 생각해 봐야 한다고."

교실 밖이라도 누군가 볼 가능성이 있다면 교실과 마찬가지라는 건가.

"그렇군요……."

선배 말대로 그럴지도 모른다. 애초에 나는 세라가 다른 반 친구와 점심을 먹을 수 있게 하고 싶었을 뿐이니, 그렇게 깊이 생각해 본 적도 없었다.

"그래서, 부탁이라는 건 뭐예요?"

"화장실에서 도시락을 먹는 사람이 얼마나 있는지, 파악하고 싶어."

내 귀에 의지해 화장실에서 점심을 먹는 사람을 찾고 싶다는 것 같다.

"알아서 어떻게 하려고요?"

"그거는 다 모이면 얘기할게."

"그럼, 도와줄 수 없는데요."

"극비야. 선생님들도 모를 거야."

선생님들도 모르는 학교의 비밀?

그런 재밌는 걸 듣고 그냥 물러설 수 없잖아.

"알려주지 않으면 도와주지 않을 거예요."

선배는 입을 다물었다. 틀림없이 '도와주지 않으면 교

칙 개정 안 할 거야'라든지, 짓궂은 말을 할 것 같았는데.

"그럼, 방과 후에 여기로 다시 와."

이번에도 선배가 져주었다. 머리를 벅벅 긁으며 한숨을 쉬긴 했지만.

"그건 그렇고, 선배는 내 귀의 능력을 믿네요."

선배는 내가 쓴 서명 용지를 소중하게 파일에 넣었다.

"귀의 능력 같은 건 상관없어. 화장실에서 도시락 먹는 학생이 있다고 알려줘서 부탁하는 것뿐이야."

가슴이 어딘가 쿡 찔린 것처럼 아프다. 바늘 같은 게 아니라, 힘껏 꼬집히는 것 같다.

"그, 그래요?"

왜 이렇게 나는 충격을 받은 걸까. 눈물 소리가 들린다는 것 따위, 보통 사람들은 믿지 않는다는 건 뻔히 알고 있는데. 아픈 이유는 그것뿐인가? 내심 선배가 귀에 대해 믿어주길 바랐던 걸까.

점심시간 예비 종이 울렸다.

"교실로 돌아갈까?"

이런 감정이 숨겨지지 않는 얼굴을 감추기 위해 나는 고개를 떨군 채 선배의 뒤를 따랐다.

방과 후, 나는 선배의 말대로 학생회실 앞에서 기다리고 있었다. 학생회실이 있는 4층은 학교 건물 맨 꼭대기로, 컴퓨터실이나 자료실 같은 곳만 있고 교실은 없었다. 복도에 서있는 건 나 혼자였다. 조용하네, 라고 생각하면서 창문 밖을 보니 세라가 친구와 함께 교문을 나서고 있었다. 오늘은 담당 선생님이 안 계셔서 동아리 활동은 쉰다고 교실에서 말했던가.

"기다리게 해서 미안."

생각에 잠겼을 때, 말소리가 들려 뒤돌아보니, 계단을 뛰어 올라왔는지 선배가 숨을 헐떡이고 있었다. 여기까지 오는 길에 분명 또 누군가 말을 걸었겠지.

"그럼, 가볼까."

앞장선 선배가 주머니에서 꺼낸 것은 작은 열쇠였다.

"어디 가는 거예요?"

"절대, 아직은 아무한테도 말하지 마. 그리고 아무한테도 보여주면 안 돼."

선배가 향한 곳은 학생회실 옆에 있는 화장실이었다. 여기는 남녀 화장실이 구분되어 있지 않아서 사용하는 사람이 없었다.

"화장실 갈 거면 기다릴게요."

"아니, 화장실에 볼일 없어."

선배의 얼굴이 조금 빨개졌다.

"네? 근데 왜 화장실에 가는 거죠?"

"아니, 화장실은 화장실인데⋯⋯."

선배는 무슨 말을 하는 거지.

"됐고, 이리 와."

주변을 두리번거리며 살펴보다가 선배는 나의 손을 덥석 잡고 재빠르게 화장실 안으로 들어갔다.

"앗, 좀 아픈데요."

처음으로 남자에게 손을 잡힌 게 이런 상황이라니. 어떤 상황인지도 모른 채 끌려가다 보니 화장실 맨 구석, 청소용품 보관함 앞이었다. 선배는 그 앞에 멈춰서 아까 꺼낸 열쇠를 손잡이에 꽂았다.

"들어가면 바로 닫아."

"여기를 들어간다고요?"

숨바꼭질이라고 하려는 건가?

선배의 말이 무슨 뜻인지 금방 알게 되었다. 문을 열자, 짧은 복도가 이어졌고, 안쪽에는 또 하나의 문이 보였다.

"뭐야, 여기."

"괜찮아. 누가 오면 곤란하니까 얼른 들어와."

복도에는 허리 높이부터 천장까지 이어지는 커다란 창문에서 저물어가는 오후의 햇빛이 거침없이 쏟아지고 있었다.

"왜 청소용품 보관함에서 이런……."

"일단 가자."

선배는 안쪽 문도 아까와 똑같은 열쇠로 열었다. 문을 여니 학생회실 같은 크기의 작은 방이 나왔다. 방 한가운데 놓인 둥근 테이블 주변으로 디자인이 제각각인 의자가 그러모아져 있었고, 창가 쪽에는 큰 해먹이 보였다.

"여기는…… 뭐예요?"

학교에 이런 방이 숨겨져 있다니. 학교인데 학교가 아닌 것 같았다.

"여긴 말이지, 역대 학생회장들에게만 이어져 온 비밀의 방이야."

둘러보니, 출입구는 아까 들어온 문뿐이었다. 숨겨진 방이란 말이지. 해먹 같은 건 처음이라, 살짝 걸터앉으려고…… 걸터앉았다고 생각했는데 균형을 잃고, 나는 한순간에 뒤집혔다.

"그럴 줄 알았어."

선배는 소리를 참으려는 기색도 없이 큰소리로 웃으며 손을 내밀었다.

"자, 잡아."

'*그렇게 웃지 않아도 되잖아.*' 순간, 욱한 나는 선배의 손을 잡고 힘껏 잡아당겼다. 선배가 비틀거리거나 자세가 흐트러졌다면 재미있었을 텐데. 그런 일은 일어나지 않았고 선배는 가뿐하게 나를 부축해서 일으켰다.

"이게 극비라는 건가요?"

이번엔 제대로 해먹에 올라앉아 위를 보고 누웠다. 흔들거리는 건 꽤 괜찮았다.

"다른 학생회 임원들한테도 알려주지 않았어."

선배는 해먹에 누워 일광욕을 즐기고 있는 나를 지나쳐 분무기로 선반을 장식하고 있는 선인장에 물을 주며 말했다.

"그런 걸 왜 저한테 알려주는 거예요?"

"이 공간을 화장실에서 밥 먹는 학생들한테 개방하면 어떨 것 같아?"

"그거, 좋은 아이디어네요."

화장실을 통해서만 연결되는 이 방은 좋은 은신처가

될 것 같았다. 교실이 아닌 곳에서 밥을 먹어도 된다는 교칙이 생기면 점심시간에 당당하게 도시락을 들고 복도를 걸을 수 있을 터였다.

"그렇지?"

"근데 괜찮아요? 여기를 한두 명이 쓰는 게 아닐 텐데."

"괜찮아. 이제까지 나만 사용했어. 효율적으로 활용하는 게 더 낫잖아. 그래서, 이 방은 마음에 들어?"

크게 고개를 끄덕이자, 선배는 눈을 가늘게 떴다.

"그럼 이제 사토이 동생도 화장실에서 점심 먹지 않아도 되겠다."

"네? 전 계속 교실에서 먹고 있었는데요."

"뭐? 그러면 왜 교칙 개정…… 그러고 보니 어제도 당당하게 교실에서 먹고 있었네."

"제가 교실 밖에서 먹고 싶었던 게 아니에요. 친한 친구는 아니지만, 반 친구가……."

나에 대해 이야기하는 것에 서툴렀다. 하지만 정신을 차려보니 선배에게 엄마한테조차 해본 적 없는 세라 이야기를 하고 있었다.

해먹에서 몸을 일으키다가 흔들흔들 세게 좌우로 움직여서 떨어질 뻔했다. 당황한 선배가 해먹을 급히 두 손으로 눌러주었다. 자세를 고쳐 앉은 나는 그에 대한 고마움을 표시하는 것도 잊은 채 이야기를 이어나가기 바빴다.

전에는 한 번도 세라에게 눈물 소리가 들리지 않았는데, 요즘에 달라졌다는 것. 눈물이 밖으로 나오지 않도록 꾹 참고 있는 세라를 어떻게든 돕고 싶다는 것까지 다 말해버렸다.

"그 아이는 따로 화장실에서 먹고 있는 건 아니지만 애쓰고 있다고 생각해요."

스스로 왜 이렇게까지 말했지, 하고 놀랄 만큼 필요 이상으로 자세하게 이야기하고 말았다.

"사토이 동생, 사실은 좋은 아이였구나."

선배가 내 옆에 털썩 앉았다. 놀랄 정도로 거리가 가까워서 조금 떨어지려고 했는데, 그러면 또 해먹이 심하게 흔들려 균형을 잃을 것 같았다.

"나쁜 사람이고 싶지는 않지만 그런 건 아니에요."

내가 교칙을 바꾸고 싶은 건, 물론 세라를 위해서지만, 100퍼센트 그것 때문이 아니라 내가 그렇게 해서 도왔다는 사실에 만족하고 싶은 것뿐이다.

"그럼 도와줄 거지?"

이렇게 가까이 있는데, 이쪽 보지 말라고요. 가족인 오빠조차 최근에는 이렇게 가까이 옆에 붙어있었던 적이 없었다.

"저는 눈물 소리 듣는 정도밖에 못 하는데요."

나까지 고개를 선배 쪽으로 돌리면 더 가까워질 것 같아서 눈만 움직여 곁눈질로 선배를 보았다. 내가 세라 이야기를 시작했을 때부터 선배에게서 눈물 소리가 들렸다. 아직 눈물이 눈에서 흘러내리지는 않았지만, 그런 선배를 바라봐도 될지 망설여졌다.

"화장실에서 도시락 먹는 사람의 기분을 상상해 봤는데, 괴로워. 그런데도 착실하게 학교에 나오다니 대단하지."

'아니, 왜 이렇게 우는 거야. 진짜 울보네.'

곁눈질로만 보려고 했는데 자연스레 고개가 움직였다. 붓으로 세로줄을 그리는 듯한 속도로, 눈물이 선배의 뺨을 타고 흘러내렸다. 한순간인 게 아쉬울 정도로 두 번 보고 싶어지는 우는 얼굴. 창문을 통해 들어온 석양빛이 스포트라이트처럼 선배의 눈물을 비추고 있었다.

"뭐야."

끊임없이 들려오는 음악 같은 눈물 소리와 반짝반짝

빛나는 눈물에 순간, 넋을 잃고 말았다.

"그렇게 울면 콧물 나와요."

장난스런 말과 함께 가방에서 휴지를 꺼내 건네자, 선배는 아무 말 없이 휴지를 받아들고 흥 소리를 내며 코를 풀었다.

"선배, 멋없어요."

"시끄러워."

나답지 않게 생각한 것과 반대로 말하다니. 지금까지 내가 학교에서 들었던 선배의 눈물은 분명 누군가를 위한 것이었겠지. 다른 사람을 위해 이토록 쉽게 울 수 있는 사람이 있다니, 이제껏 몰랐다.

선배는 아직 할 일이 남았다고 해서 혼자 학교를 나왔다. 집으로 돌아가는 길, 뒤돌아서 가만히 학교를 바라보았다. 아까 선배와 둘이 있던 방은 저쪽인가? 밖에서 보니 잘 모르겠다. 해먹 꽤 좋았는데. 화장실에서 도시락을 먹는 건 아니지만, 또 가면 안 되려나……. 그 공간에 다시 가고 싶다는 생각을 계속했다.

♦

"다녀왔습니다."

현관문을 열자, 달콤한 냄새가 코로 밀려들었다.

"어서 오렴, 미온."

주방에는 슈크림 몇 개가 놓여있었다. 엄마는 마침 슈에 크림을 채워 넣고 있었다.

"이것 좀 야마모토 씨에게 갖다줄래?"

귀를 기울여 보니, 작지만 위층에서 눈물 소리가 들렸다. 어제까지 들렸던 울음과는 또 미묘하게 달랐다.

"응? 내가?"

"아직 굽지 않은 슈도 있고 저녁도 준비해야 해서."

"오빠는?"

"아직 안 왔어."

무언가 할 수 있는 게 없느냐고 말한 건 오빠였는데.

"알았어. 옷만 갈아입고 다녀올게."

조금 전까지 비밀 공간의 존재를 알고 들떠있었는데, 해먹에서 떨어졌을 때와 같은 기분이다.

"부탁할게."

빠르게 종이 상자에 슈크림을 담는 엄마를 곁눈질하

며 교복의 스카프를 풀었다.

 두 번이나 초인종을 눌렀는데 야마모토 씨는 나오지 않았다. 집에 없는 척해도, 특별한 귀가 있는 나는 속일 수 없다.
 "야마모토 씨, 5층에 사는 사토이예요."
 너무 여러 번 벨을 누르면 싫어할 것 같아서 이번에는 노크했다.
 아직도 나오지 않는다. 엄마가 만든 슈크림, 맛있는데. 어제는 다른 사람에게 준다는 사실에 울컥했는데 막상 주는데 안 받는다고 생각하니 께름칙했다. 아, 눈물 소리가 멈췄다.
 "늦어서 죄송해요."
 문이 살짝 열렸다. 문틈으로 얼굴을 내민 것은 야마모토 씨였지만, 내가 알던 야마모토 씨가 아니었다. 얼굴은 생기 없이 칙칙하고 눈썹도 지저분했다. 그렇게 예뻤던 검은 머리카락도 부스스해져서 아무렇게나 하나로 묶은 채 새근새근 잠든 아기를 감싸안고 있었다.
 "아, 이거, 엄마가요……."
 흰색 상자를 내밀자, 야마모토 씨는 고개를 갸웃거

렸다.

"슈크림이에요. 엄마가 직접 만드신 건데, 괜찮으시다면……."

아, 흐른다. 그렇게 생각한 순간, 야마모토 씨의 눈에서 눈물이 흘렀다. 건네주려고 하는데, 야마모토 씨가 받을 손이 없다는 사실을 깨달았다.

"안에 둘까요?"

"미안하지만 부탁할게요."

야마모토 씨가 몸으로 문을 밀어 크게 열어주었다. 눈물의 이유를 물어보는 게 좋을까. 묻지 않는 게 나을까. 왜 울었을까. 내가 무언가 이상한 짓을 했나. 곤란하게 한 걸까.

"내가 만든 게 아닌 걸 먹을 수 있다니, 기뻐."

현관 선반에 상자를 내려놓자 야마모토 씨가 중얼거렸다.

"슈크림은 꽤 번거롭죠."

슬쩍 집 안을 보니 불도 켜지 않고 있었다.

"그게 아니라, 매일 밥도 내가 만드니까. 누군가 만들어 준 음식이 먹고 싶었어."

옅은 미소를 지은 야마모토 씨의 눈에서 또다시 눈물

이 흘렀다.

"그래서, 고마워."

생각해 보니 특수한 귀 때문에 매일같이 어딘가에서 눈물 소리를 듣지만 바로 앞에서 사람이 우는 장면을 보는 일은 드물었다. 켄 선배는 예외지만. 어른은 처음일지도 모른다. 못 본 척하는 게 좋으려나.

"미안해. 이렇게 울어버리다니……."

"아, 아니에요……."

야마모토 씨는 매일 눈물을 흘렸고 그게 조금은 성가시다고 생각했지만, 사과받고 싶었던 것은 아니라서 아무 말도 할 수 없었다.

또 한 방울, 눈물이 떨어졌다. 이것은 이런 귀가 없어도 누구나 알 수 있는 눈물이었다.

야마모토 씨, 애쓰고 있구나.

"저, 커스터드랑 생크림, 초코 크림 세 가지 모두 들어간 슈크림은 당첨이라고 불러요."

"……당첨될까?"

"꼭 될 거예요."

"괜찮으면 같이 먹지 않을래? 아, 저기, 이름이 뭐였더라……."

야마모토 씨가 어색하게 입꼬리를 올렸다.

"미온이에요."

"미온⋯⋯. 내 이름은 치카야."

이제껏 오고가다 몇 번 인사만 한 사이인데 집에 막 들어가도 되는 건가. 그런데 여기서 하나 먹고 집에서도 먹으면, 내가 좋아하는 슈크림을 평소보다 많이 먹을 수 있다.

"그럼, 잠깐 실례하겠습니다."

"집 안이 지저분해서 미안해."

치카 씨가 말한 대로 집 안은 어질러져 있었다. 빨래가 여기저기 흩어져 있거나 육아서가 쌓여있기도 했다. 테이블 위에도 분유통인지 기저귀인지 때문에 슈크림을 꺼내 놓을 공간이 없어보였다. 아기 침대와 그 옆의 이부자리 주변만 잘 정리되어 있었다.

"맛있겠다."

치카 씨는 아기 침대에 살며시 아이를 눕히고 몇 번 토닥이다가 잠들었다고 생각하자마자 곧바로 상자를 열었다.

"먹어도 될까?"

"그럼요. 어서 드세요."

말이 끝나기도 전에 치카 씨는 크게 입을 벌리고 슈를 덥석 베어 물고 있었다.

"맛있다……."

"다행이에요."

"아, 이거 당첨이다."

살펴보니 슈 안에 세 가지 크림이 보였다.

"첫 번째부터 당첨이라니, 대박!"

곧바로 치카 씨는 다 먹고 두 번째 슈를 집어 들었다. 나도 상자로 손을 뻗었다.

"어?"

"왜 그래요?"

"이것도 당첨이야."

"네?"

나도 슈크림을 조금 베어 먹었다.

"내 것도 당첨이다."

혹시 엄마가 전부 당첨으로 만든 건가?

"이건 다 확인해 봐야겠네."

치카 씨는 그렇게 말하고 곧바로 세 번째 슈를 입안 가득 넣었다. 조금 전까지 들렸던 눈물 소리는 더 이상 들리지 않아 나는 작게 안도의 한숨을 쉬었다.

치카 씨 집에는 재미있는 물건이 많았다. 슈크림을 먹고 바로 돌아가려고 했는데. 정신을 차려보니 발을 쭉 뻗고 편히 쉬고 있었다.

"이건 이집트 기념품이고 저건 멕시코. 우리 남편이 몇 개월마다 나라를 옮겨 다니는데, 집에 올 때마다 하나씩 채워 넣다 보니 이렇게 모여버렸어."

남편이 타지에서 일해 가족과 떨어져 지낸다고 생각했는데, 해외가 아니라 국내라고 생각했었다. 치카 씨가 가리킨 선반에는 피라미드와 알록달록한 십자가 장식 외에도 본 적 없는 듯한 물건들이 빼곡하게 놓여있었다.

"외롭지 않으세요?"

아차, 싶었다. 밤마다 그렇게 우는데 외롭지 않을 리가 없잖아.

치카 씨는 생각에 잠긴 듯 음, 하는 소리를 내었다.

"외롭다고 하면 그럴 수도 있지만, 지금은 그렇지 않으려나."

"그렇지 않다니요?"

"레이랑…… 아기랑 하루 종일 같이 있다 보면, 어른이랑 이야기하고 싶어져. 어른이라고 해야 하나, 평범하게 대화할 수 있는 사람 말이야. 그리고 아주 잠깐이라도 좋으니까, 나만의 시간을 갖고 싶어져. 아기가 좀처럼 잠들지 않을 때나, 세상에서 뚝 떨어져 있는 것 같은 기분이 들 때, 괜히 초조해지기도 해."

나에게는 공감하기 어려운 이야기라, 그저 알 것 같다는 얼굴로 맞장구를 칠 수밖에 없었다.

"전부 당첨이라 횡재라는 느낌이 안 드네요."

괜히 신경 쓰게 했나……. 텅 빈 슈크림 상자를 보며 화제를 바꾸었다.

"아니. 미온이 와줬을 때부터 오늘은 당첨이었어."

"그게 뭐예요."

아닌 척했지만, 당첨이라고 말해주는 치카 씨의 말에 기뻤다. 다음에는 레이를 꼭 안아봐야겠다고 생각하며 배웅해 주는 치카 씨에게 또 놀러 오겠다는 약속을 했다.

"어머니께 안부 전해줘."

"네, 전해드릴게요."

집으로 가기 위해 계단을 내려가면서 새빨간 석양을 바라보았다. 방금까지 어둑한 방 안에 있어서 그런지 유달리 눈부시게 느껴졌다. 치카 씨는 이렇게 이야기하는 건 오랜만이라고 했지만, 평소에 친구가 없는 나도 마찬가지였다. 오늘은 켄 선배, 치카 씨와 너무 떠들었네. 두 사람에게 실례일 지도 모르지만, 잘 우는 사람이구나 하는 생각이 들었다.

치카 씨 집에 갈 때는 그렇게 귀찮았는데 이상하지. 갑자기 웃음이 터져서 그 표정 그대로 껑충껑충 뛰어서 내려가고 있는데, 엘리베이터 문이 열리며 오빠가 나타났다.

"기분이 좋으시구만."

말투가 조금 짜증 났지만, 오늘은 봐주지.

"뭐 그렇지."

집에 들어오니 달콤한 슈크림 냄새는 사라지고 카레 냄새가 났다.

"다녀왔습니다."

그렇게 말했을 뿐인데, 엄마는 다 알고 있다는 듯한 얼굴로 돌아보았다.

"어서 와."

엄마는 분명 집에서 치카 씨의 눈물 소리를 듣고 감정을 파악했을 것이다. 내가 마음만 먹으면 세계 정복도 꿈이 아니라는 생각은 분명 진심이지만, 엄마만큼은 이길 수 없다고 생각한다.

장마가 시작된다는 일기예보가 있었던 날의 방과 후였다. 처음엔 하루아침에 인기녀가 된 줄 알았다. 교실에 앉아있는데 반 친구들이 힐끔힐끔 쳐다보고, 복도를 지나가면 다른 반 아이들에게서 시선이 날아들었다. 오늘 하루 종일 무슨 일이지, 생각하고 있는데 반 친구인 나카모리 마도카가 다가와 말을 걸었다.
"사토이, 잠깐 물어보고 싶은 게 있는데."
나카모리 뒤에는 세라가 미안해 보이는 표정으로 서 있었다. 항상 멀리서 바라보기만 해서 이렇게 가까운 거리에서 마주한 건 처음일지도 모르겠다.

갑자기 허리에 힘이 쫙 들어갔다.

"뭐든 물어봐."

내 미묘한 변화를 전혀 모르는 나카모리는 순간 멈칫했다. 하지만 곧 평정을 되찾았다.

"사토이, 켄 선배랑 소문이 났던데 진짜야?"

"소문이라니?"

나카모리의 말은 이랬다. 켄 선배와 내가 점심시간이든 방과 후든 계속 같이 있는 모습을 보고 사귀는 게 아니냐는 소문이 학교에 퍼지고 있다는 것. 점심시간에는 눈물 소리를 들으려고 화장실 근처에서 둘이 대기하고 있었다. 사정을 모르는 사람이 보았을 때, 쉬는 시간에 남녀가 즐겁게 이야기 나눈다고 생각해도 별수 없다. 방과 후에는 교칙 개정을 위한 서명 운동을 돕고 있으니, 그거 때문인가. 3학년 교실부터 돌고 있으니 아직 1학년이 모를 수도 있겠지.

"그래서, 뭐야?"

나카모리, 전에는 사야마 선배였던가 그 사람이 멋있다고 했었는데.

"켄 선배가 하도 부탁해서 학생회 일을 도와주고 있을 뿐이야."

"그렇구나……."

'하도'에 힘을 줘서 말해서일까. 나카모리는 그렇게 말하면서도 얼굴이 굳어져 있었다.

"켄 선배, 누구에게나 친절하니까 착각하지 않는 게 좋을 거야."

역시 누구에게나 친절하구나. 그렇구나.

"선배, 나한테는 전혀 친절하지 않으니 걱정하지 마."

나카모리의 표정이 천천히 구겨졌다.

내가 나쁜 말이라도 했나. 솔직하게 진실을 말했을 뿐인데. 혹시 선배 험담을 하는 걸로 들렸나. 나카모리는 아무 말도 하지 않고 가버렸다. 혼자 남겨진 세라는 깜짝 놀라 곧바로 나카모리 뒤를 따라가려던 그때…….

"세라…… 아니, 기시다."

무심결에 세라를 불러 세웠다.

무슨 얘기를 해야겠다고 생각한 것이 없이 무작정 행동한 스스로에게 놀랐다.

"응?"

세라가 뒤돌아보았다.

"잠깐 얘기하고 싶은데."

뭐라고 하는 거야, 할 말 따위 전혀…… 없는 건 아니지만.

"어……."

큰일 났다. 세라가 날 좋아하길 바란 건 아니었지만 귀찮게 해서 미움을 사는 건 싫었다. 어디를 봐야 할지 몰라 방황하던 시선을 책상 위에 놓인 필통으로 떨어뜨렸다.

"사실 나도 사토이랑 이야기해 보고 싶었어."

"진짜?"

생각지 못한 대답에 고개를 들자, 세라는 작게 고개를 끄덕였다.

"지금 동아리 활동에 가야 하는데, 밤에도 괜찮아?"

익숙하지 않은 일에 우물쭈물하는 게 모양 빠져보였지만, 세라와 번호 교환을 했다는 사실만으로 기분이 좋았다. 핸드폰은 가족과 연락하는 수단일 뿐이었는데, 갑자기 보물이 된 것 같았다. 핸드폰을 손에 꼭 쥐고 교실을 나가는 세라의 뒷모습을 바라보았다.

방과 후에는 어김없이 켄 선배의 서명 운동을 도왔다. 다른 학생회 임원들은 모두 동아리에 가입되어 있어서, 슬쩍 얼굴을 내비쳤다가 곧바로 되돌아갔다. 회장인 선배는, 그에 대해 아무 말도 하지 않고 오히려 빨리 동아리 활동에 가라고 재촉했다.

"혼자 힘들지 않아요?"

비밀 공간에서 바라본 밖은 비가 많이 내리고 있었다. 선배가 선인장에 물을 준다고 해서 따라왔다. 이렇게 습도가 높은 날, 선인장에 물을 주지 않는 게 좋다는 것을 알고 있었지만, 별다른 이유도 없이 내가 이 방에 오고 싶다고 말하기가 어려워 말할 수 없었다.

"그들도 나도 좋아하는 일을 할 뿐이야."

선배의 노트북 키보드를 두드리는 소리가 기분 좋게 울려 퍼졌다. 나는 하던 숙제를 그만두고 해먹에 앉아 몸을 앞뒤로 작게 흔들며 선배를 바라보았다.

"어……. 선배, 지금 슬픈 생각 했죠?"

"왜?"

"눈물 소리가 들려서요."

"또 그거야?"

"역시 다른 임원들이 학생회 일을 열심히 하지 않아서 섭섭한 거 아니에요?"

"시끄러워."

선배와 알고 지낸 지 얼마 되지 않았지만, 함께하며

조금씩 알게 되었다. 째려보고 있어도 미간에 주름이 없을 때는 멋쩍음을 감추는 것이었다.

눈물 소리가 들리는 귀 때문에 소리에 민감해졌다고 생각한다. 그래서 다른 사람의 여러 가시 표정이나 행동을 쉽게 놓쳤을지도 모르겠다. 어떻게 해도 들리는 거라 무시하기는 어렵긴 했지만, 이제는 소리에 의존하고 싶지 않았다.

"맞다, 제 얘기 들어봐요."

"시끄럽다고 했는데 못 들었어?"

"전에 선배한테 말했던 친구랑 오늘 처음 얘기했어요. 기시다 세라라는 아이인데요."

키보드 치는 선배의 손이 느려졌다. 시끄럽다고 했으면서 들어준다. 나카모리에게 '선배는 전혀 친절하지 않아'라고 했던 게 거짓말이 되어버렸을지도 모르겠다.

"말 걸었어?"

"음, 그렇죠. 제가 큰맘 먹고, 연락처도 교환했다고요."

나는 왜 선배에게 전부 말하게 될까. 지난번에 세라 얘기를 했던 건 교칙 개정을 바란 계기와 관련이 있어서였는데.

"오, 해냈군."

선배의 눈 안쪽에서 나던 눈물 소리가 완전히 멈췄다. 작은 한숨이 입에서 새어나왔다. 어떤 한숨일까. 마음이 놓이는 듯한 기분에서 오는 한숨일까.

"오늘 밤에 얘기하기로 했어요. 친구가 될 수 있을 것 같아요?"

"내가 그걸 어떻게 알아. 그 친구를 모르잖아."

그럴 수도 있지만, 그렇게 딱 잘라 말하지 않아도 되잖아. 말을 정정해야겠어. 선배는 전혀 친절하지 않아.

"그래도 뭐, 친해지면 좋겠다."

해먹 때문일까. 머리가 어질어질했다. 아까부터 선배가 친절하다고 했다가 아니라고 했는데, 역시 친절해서 별로네. 나는 눈을 감았다. 그러고 보니 선배는 나와의 소문을 알고 있을까. 어떻게 생각하려나. 화내거나 하진 않겠지……. 그대로 나는 잠들어 버린 것 같다.

"사토이, 사토이 동생!"

선배의 목소리가 들린다 싶어 눈을 떴더니 벌써 창밖은 어둑해져 있었다. 가랑비로 바뀌었는지, 빗소리는 들리지 않았다.

"계속 안 일어나면 입에 선인장을 넣으려고 했어."

혹시 입 벌리고 잤나? 입 주변을 닦아보니 침은 안 흘렸다.

"소중히 키우고 있는데 선배가 그럴 리 없잖아요."

또 뭐라고 맞받아칠지 생각하고 있는데 선배는 피식 웃을 뿐이었다. 그날 우리는 처음으로 함께 하교했다. 정확하게는 처음과 끝만. 교문을 나와 5분 정도 지났을 때쯤, 오빠를 만났다.

"미온, 다카사카랑 아는 사이였어?"

"학생회 일을 조금 도와주고 있어."

"혹시 요새 도는 소문의 교실 밖에서 도시락 먹을 수 있게 해달라는 서명 운동?"

소문이라고 해서 뜨끔했는데, 다른 쪽이었다.

"교칙 개정하자는 거 사토이가 제안한 거야."

"오, 무심한 미온이 웬일로."

오빠는 들고 있던 우산을 살짝 올려 내 얼굴을 들여다보았다. 그게 못마땅한 나는 쓰고 있던 우산을 내려 얼굴을 가렸다.

"내일 체육 농구라고 했지? 워낙에 못해서 긴장감이 없네."

미술부 소속인 오빠는 미술 외에 운동 쪽으로는 전혀 재능이 없었다.

"말은 그렇게 해도 뭐든 잘하잖아, 사토이는."

"다카사카야말로."

이 대화는 뭐야. 내가 전혀 낄 수 없었다. 별로 상관없긴 했지만, 오른쪽에는 켄 선배, 왼쪽에는 오빠를 두고 얼마 동안 가운데에 끼어 두 사람의 대화를 잠자코 듣고 있어야 했다.

"아, 흰색 물감이 떨어졌네. 미온, 사갈 테니 먼저 가."

오빠는 빠르게 말하곤 잠시 후 아파트 반대쪽으로 가 버렸다.

"눈물 소리가 들린다는 거, 유전이야?"

선배는 아직도 오빠의 뒷모습을 보고 있었다.

"네, 엄마 쪽 유전이에요."

"그럼, 사토이도 눈물 소리를 들을 수 있어?"

"제가 더 광범위하게 들을 수 있어요."

자신의 눈물 소리를 같은 반 친구가 듣고 있었다는 사실에 놀란 선배는 입을 떡 벌린 채로 멈춰 섰다.

"아, 괜찮아요. 오빠도 저도, 눈물 소리가 들려도 모른 척하는 게 특기거든요."

"사토이는 안 그랬잖아."

"그렇네요."

'오늘은 비가 와서 다행이네요, 선배.'

우산이 있어서 방심한 선배의 얼굴을 옆에 있는 나만 볼 수 있었다. 그건 그렇고, 분명 선배는 아직 귀에 대해 믿지 않는 줄 알았는데.

"아, 진짜로."

웃으면 안 되는 거 아는데. 그래도…….

"웃지 마."

"안 되겠는데요."

선배 우산으로 내 우산 치지 말라고요. 충격에 표면이 크게 흔들려 물이 튀었다. 해먹에 앉아 있는 것도 아닌데, 내 마음도 어쩐지 흔들흔들, 안절부절못하게 되는 건 왜일까.

그날 밤, 저녁 식사를 마치고 얼마 지나지 않아 세라에게 연락이 왔다.

— 오늘 고마웠어.

이 말뿐이었지만 늘 갖고 싶었던 선물을 받은 것 같았다. 잊지 않고 연락해 주어 기뻤다. 친해지면 좋겠다는 선배의 말을 떠올리며 용기를 내어 전화를 걸어보았다.

"지금, 통화 괜찮아?"

"지금 괜찮냐고 물어보는 거, 어른 같아서 멋있다."

전화기 너머의 세라는 생각했던 이미지와 달랐다. 항상 나카모리 옆에서 가만히 있는 모습만 보았는데, 많은 이야기를 해주었다. 나와 이야기하고 싶다는 말이 진심 같았다. 세라와 학교 선생님과 근처에 새로 생긴 잡화점 이야기를 시작으로 기악부에 관해서도 이야기했다. 세라는 기악부에서 트럼펫을 연주하고 있다고 했다.

"분명 플루트 같은 걸 연주할 거라고 생각했어."

"그런 말 자주 들어."

세라는 자기 아빠의 취미가 트럼펫이라 그 영향을 받은 것 같다고 했다. 머릿속에서 상상한 세라는 매우 활발하고 멋진 아이 같았다.

"하나만 물어봐도 돼?"

30분 정도 지났을까, 이야기가 일단락되었다고 생각했는데 세라가 말을 꺼냈다.

"사토이는 왜 친구를 사귀지 않는 거야?"

이게 진짜 세라가 묻고 싶었던 것이겠지.

"필요 없어서."

대답 뒤로 이어지는 몇 초의 침묵에 심장이 쿵 떨어졌다. 무뚝뚝한 말투가 신경 쓰여 말을 덧붙였다.

"필요 없다고 해야 하나, 만들지 않는다고 해야 하나. 나랑 친하게 지내줄 사람이 없어서."

켄 선배가 '친해지면 좋겠다'고 말했던 것이 다시 한 번 떠올랐다. 내 대답 때문에 물 건너갔으려나. 세라가 기분 나쁘지 않을까 걱정되었다.

"그렇지 않을 것 같은데."

"난 생각한 것을 바로 내뱉으니까, 그래서 어렵다고 생각해."

전에는 마음속에 있는 것을 말하는 게 좋다고 생각했는데, 왜 스스로 안 좋다고 말한 걸까. 나 원래 이런 사람이었나.

"그래? 난 내 기분을 밖으로 내보이는 걸 잘 못해서 대단하다고 생각해."

"그런가."

깜짝 놀랐다. 지금이 세라의 눈물의 이유를 알아낼 기회일지도 몰라.

"기시다는 친구에게 하고 싶은 말을 잘 못해? 음, 나카모리라든가……."

점심시간 때만 세라에게 나는 눈물 소리의 이유를 알면 좋을 텐데.

"마도카? 확실히 제멋대로긴 하지. 그래도 싫을 땐 나도 싫다고 말해."

어, 어떻게 된 일이지. 나카모리와의 관계가 힘들어서 마음속으로 울고 있었던 게 아니었나?

"그, 그렇구나. 그러면 다행이고."

그럼 세라는 왜 점심시간에 조용히 울었던 걸까. 거짓말이거나 얼버무리는 것 같지는 않은데…….

"점심시간은 어때?"

스스로 부자연스럽기 짝이 없는 질문이라고 생각했다. 하지만 이 이야기 흐름에서 벗어난다면 내가 진짜 궁금한 것에 닿을 수 없을 것 같았다.

"응?"

세라의 목소리가 조금 높아졌다.

"왠지 기운 없어 보여서."

사실 얼굴로 뭔가 드러나지는 않았지만 이렇게 말할 수밖에 없었다.

"음, 잘 지내. 괜찮아."

그렇게 말하는 것치고는 목소리가 커져서 내 질문에

동요하고 있다고 생각할 수밖에 없었다.

무엇이든 말해봐,라고 하려다 그만두었다. 오늘 처음 대화한 사람에게 그런 말을 들으면 곤란하겠지.

"시간이 늦었으니까, 오늘은 이만 끊을까?"

또 들을 기회가 있지 않을까 생각하고 전화를 끊으려던 순간이었다.

"좀 더 이야기 들어줄래?"

세라가 붙잡았다.

"뭐, 뭐든지 들어줄게."

결국 '뭐든 말해봐'와 비슷한 말을 해버렸다.

"실은 말이야……."

침대에 엎드려 있던 자세를 바르게 고쳐 앉았다.

"아…… 역시 부끄럽네."

"말하기 어려우면 다음에 해도 돼."

"아니, 오늘 들어줬으면 해. 있잖아, 반에…… 좋아하는 사람이 있어."

세라의 이야기는 이랬다. 나카모리 자리가 그 사람이랑 가까운데, 거기서 도시락을 먹을 때마다 두근거린다는 것.

"좋아하는 사람이라······."

예상외의 이야기에 놀란 나머지, 목소리가 나오지 않았다. 똑바로 앉아있던 몸을 그대로 앞으로 내던져서, 무릎을 꿇고 바닥에 엎드려 조아리고 있는 듯한 자세가 되었다.

"아무한테도 말하면 안 돼. 그 사람은 오노우에야······."
"깜짝 놀랐어."
"오노우에가 눈에 띄는 타입은 아니긴 하지."

대상이 오노우에라는 사실에 놀란 게 아니다. 눈물 소리의 이유가 설렘 때문이었다니.

"음······. 너무 좋아, 뭐 그런 거구나."
"응, 너무 좋아. 가끔 눈이 마주치면 순간, 눈물이 날 것 같아."

누구보다 잘 알고 있었다. 밖으로 나오진 않지만, 항상 눈 안쪽에서 눈물이 번졌다.

"그래, 좋아하고 있구나······."
"언젠가 오노우에에게 고백하고 싶어. 근데 난 사토이처럼 생각을 말로 잘 못하니까······."

그래서 아까 '대단해'라고 했던 건가. 아니, 내가 말하는 거랑 고백은 완전히 다르잖아. 전화라서 다행이다.

새어나오는 한숨을 눈치채지 못하게, 나는 핸드폰을 얼굴에서 조금 떨어뜨리고 크게 내뱉었다.

"오노우에랑 친해지면 좋겠다."

마음에 없는 말은 아니었지만, 말하는 목소리에 힘이 들어가지 않았다.

"마도카는 얼굴이 잘생긴 사람한테만 관심이 있어서 오노우에에 대해 말할 수 없었어. 아무에게도 하지 못한 이야기를 들어줘서 고마워."

"천, 천만에."

세라와 전화를 끊은 후에도, 나는 누구에게 사과하는지 모르는 자세로 침대에 무릎을 꿇고 엎드려 있었다.

내가 걱정했던 눈물 소리의 정체는 '설렘'이었다니. 세라는 역시 내가 예상했던 사람이 아니었다. 언제나 긍정적이고 마음속으로도 슬픈 의미의 눈물을 흘리지 않는, 지금까지 보고 들었던 사람 중에 가장 강한 사람이라고 생각했다. 하지만 좋아하는 사람이 생겼다는 이유만으로 그렇게 부끄러워하다니.

"전화했어? 드문 일이네. 친구?"

노크 소리가 들리고 엄마가 방으로 들어왔다.

시계를 보니 한 시간이 흘러있었다. 이렇게 오랫동안

떠들었고 비밀도 들었으니 이 정도면 이제 친구라 말할 수 있겠지.

"응, 친구."

친구가 생긴 건 난데. 엄마는 자기 일처럼 기쁜 듯이 미소를 짓고 나가버렸다. 엄마처럼 눈물 소리로 감정을 파악할 수 있다면 이런 착각은 하지 않았을 텐데.

이런저런 일이 있어서인지, 좀처럼 잠이 오지 않았다. 그러고 보니, 낮에 비밀 공간에 있는 해먹에서 낮잠에 들었었잖아. 가족도 친구도 아닌 켄 선배 앞에서 잠이 들다니, 너무 안심했네. 선배가 울보인 걸 알고 있어서일까. 자신을 속속들이 드러내는 사람 앞에서는 나도 그래도 될 것 같은 기분이 들었다.

다음 날 아침, 엄청난 사실을 깨닫고 말았다. 침대에서 일어난 순간에 그 사실이 머리로 쿵 떨어졌다.

"어쩌지."

화장실 거울에 비친 나에게 말을 걸어보았다. 복잡한 머릿속을 증명하듯 평소보다 머리가 더 헝클어져 있었다. 세라가 흘린 눈물의 이유를 알아버린 이상 '교실이 아닌 곳에서 도시락을 먹어도 된다'라는 교칙을 지지하지 않아도 됐다. 오히려 그 교칙이 오노우에를 좋아하는 세라에게는 원하지 않는 일일 테니까. 물에 적신 손으로 귀밑까지 오는 짧은 머리를 누르면서 나는 크게 한숨을 쉬었다. 오늘도 바깥은 비가 내리고 있었다.

◆

점심시간이 되자마자 나는 2학년 교실이 있는 2층으로 내려가 켄 선배의 반으로 향했다.
"어, 미온?"
마침 문 근처에 오빠가 서있었다.
"켄 선배, 불러줘."
"다카사카, 미온이 불러."
오빠의 말에 교실 안 선배들이 일제히 내 쪽을 보았다. 켄 선배는 잠깐 멈칫했다가 평소와 같은 대외용 미소를 지으며 다가왔다.
"사토이, 무슨 일이야?"
"잠깐 물어볼 게 있어서요."
이제 켄 선배를 도울 이유가 사라졌다. 켄 선배 역시, 애초에 내가 반쯤 협박해서 시작한 것이니 내가 빠지면 그만둘지도 몰라. 그러면 학생회 일도 줄어들 것이고, 고문인 스기노 선생님께 아쉬운 소리를 하지 않아도 될 거야.

"자리 옮길까?"

물음에 고개를 끄덕이자, 선배가 먼저 복도를 걸어가기 시작했다.

"2학년 교실에 오다니, 웬일이야."

복도의 공기가 서늘해서 살펴보니 팔에 소름이 돋아 있었다.

"빨리 알려주고 싶었어요. 저……."

아, 기세 좋게 여기까지 왔는데 무슨 말을 하려고 했었더라. 어디서부터 말해야 할까.

그때, 눈물 소리가 들렸다. 꽤 크다. 지나가던 여자 화장실에서 나는 소리였다.

"왜 그래?"

"이 화장실에도 있어요."

"어?"

덜컹 소리가 나더니 문이 열렸다. 거기엔 도시락 같은 주머니를 든 여학생이 혼자, 서있었다. 곱슬머리인가. 머리가 복슬복슬하고 귀여운 사람이었다. 하지만 눈은 무척 빨갰다. 우리의 인기척을 알아채고 걸음을 멈췄다.

"아······."

켄 선배의 입이 벌어졌다.

설마, 친구?

여학생은 곧바로 우리가 지나온 복도를 종종걸음으로 걸어갔다. 그리고 선배의 옆 반 교실로 들어갔다. 이번에는 선배에게서 눈물 소리가 났다. 돌아보니 눈에서 한줄기 눈물이 흐르고 있었다.

"선배, 괜찮아요?"

"아, 미안. 잠깐 눈에 뭐가 들어갔어."

그런 핑계가 나한테 통한다고 생각한 건가.

"참, 그래서 무슨 말 하고 있지 않았어?"

순간 확신이 들었다. 내가 더 이상 도와줄 수 없다고 하더라도 선배는 이 교칙 개정 운동을 멈추지 않을 거라고. 먼저 말을 꺼낸 건 나였지만, 이제는 선배의 일이 되어버렸다. 이 문제에 마음 아파하는 착한 선배가 중간에 그만둘 리가 없다.

"저, 열심히 할게요."

귀찮은데, 세라가 원치 않는 일일 텐데. 나도 모르게 다짐과 반대로 말해버렸다. 내 앞에선 입도 험하고, 점심시간도 방과 후에도 시간을 빼앗는 선배였지만.

"선배가 더 울지 않도록 앞으로도 협조할게요."

나는 그런 선배의 눈물 소리가 좋다. 하지만 더 이상 울지 않았으면 좋겠다. 그걸 위해서라면 뭐든 할 수 있을 것 같았다.

♦

그날 밤, 세라가 전화를 걸어왔다.

"켄 선배를 불러서 고백했다고 들었는데."

점심시간에 있었던 일이, 벌써 학년이 다른 세라의 귀에 들어갔다고?

"누구한테 들었어?"

"2학년인 동아리 선배. 그래서 어땠어?"

"어땠냐니……. 그냥 일 얘기였어."

정말, 다들 이런 식의 소문을 좋아하는구나. 누가 누굴 좋아하는 게, 그렇게 중요한 일인가?

"오늘 동아리 활동 때, 오노우에랑 오랜만에 얘기할 수 있었어. 같은 동아리여도 악기가 다르면 얘기하기 힘들거든."

이야기는 금세 '오늘의 오노우에 리포트'로 바뀌었다. 정말 신나게 이야기하네. 참고로 오노우에의 악기는 클라리넷이라고 한다.

"오노우에는 영어랑 사회를 잘한대."

이대로 가면 반에서 세라 다음으로 반에서 제일 잘 아는 사람은 오노우에가 될 것 같다.

"나도 영어랑 사회 좋아하는데, 똑같아서 기뻤어."

그런 건가. 잘 모르겠지만 일단 맞장구를 쳤다.

"그러고 보니, 오노우에의 어떤 점이 좋은 거야?"

"음……. 말하려니까 부끄러운데……."

말은 그렇게 해도 세라의 목소리는 분명 들떠있었다.

"어떤 점이라고 콕 집어 설명하기 어렵지만…… 클라리넷을 열심히 연습하는 모습이 제일 멋있다고 할까. 자꾸 시선이 가고, 정신 차리고 보니 좋아하고 있었어."

그러고 보니 오노우에는 수업을 들을 때도 등을 꼿꼿하게 펴고 집중하는 모습을 보였다. 동아리 활동 때도 그런 모습일까.

"좀 더 친해지고 싶어. 고백하더라도, 친해진 다음의 일이겠지."

오늘도 세라는 여전히 나카모리 옆에 가만히 앉아서

나와는 인사도 하지 않았다. 학교에서의 모습만 봤다면 이렇게 텐션 높은 목소리를 낼 수 있는지 몰랐을 거라고 생각했다.

"어떻게 하면 오노우에와 더 이야기할 수 있을까?"

아직 첫사랑도 못 해본 나한테 물어봤자 아무것도 떠오르지 않는다.

"상담할 수 있는 사람이 사토이밖에 없어."

그래도 이런 말을 들으면 뭐라도 해주고 싶어진다.

"그럼, 좋은 방법이 없을지 한번 생각해 볼게."

전화를 끊고 나서 곧장 내 방에서 나왔다. 내가 상담을 신청한다면 그 사람은 언제나 엄마였다. 생각해 보겠다고 했지만 역시 짐작도 안 됐다. 거실에 닿기도 전에 되돌아왔다. 친구의 고민을 상담하는 거니까 내 감정과 상관이 없는데도 괜히 부끄러워졌달까. 이상했다. 앞으로 어떡할지에 대해 고민에 잠겼을 때, 천장 쪽에서 소리가 났다. 눈물 소리가 아니라 그냥 소리.

"맞다, 치카 씨!"

제대로 이야기 나눠본 건 아직 한 번밖에 없었지만, 치카 씨라면 좋은 조언을 해줄지도 몰랐다. 어른이니까 적어도 나보다는 연애 경험도 풍부할 테고, 또 놀러 가겠다고 약속하기도 했다. 마침 타이밍 좋게 다음 날은 휴일이었다.

♦

나는 아침을 먹고 나서 의욕 넘치게 주방에 섰다.
"도시락이라도 만들게?"
달걀을 깨서 풀고 있는데 엄마가 다가와 말을 걸었다.
"도시락 정도는 아닌데. 다 만들고 치카 씨네 다녀올게."
"치카 씨?"
"위층에 사는 야마모토 씨."
엄마는 '아아'라고 하면서 찬장 높은 곳에서 일회용 종이 도시락을 꺼내주었다.
"여기에 담으면 치카 씨가 씻어서 돌려주지 않아도 돼. 아기가 있으면 그런 수고가 귀찮거든."

달걀말이는 중간 과정에서 조금 탔지만, 마지막에 예쁘게 말아 겉보기엔 완벽해 보였다. 초등학교 때 가정 실습 시간에 해본 다음부터 가끔 집에서 만들었다. 이번에는 달걀을 다섯 개나 썼더니 크게 만들어져서 달걀말이보다 오믈렛 같은 느낌이 났다. 그리고 갓 지은 밥으로 만든 주먹밥 안에 속은 매실과 가다랑어포로 채웠다. 나도 먹을 거라 여섯 개나 만들었다. 다음은 잘 구운 소시지와 삶은 브로콜리, 그리고 방울토마토까지. 닭튀김 같은 것도 있으면 좋겠지만 어젯밤에 갑자기 생각한 거라 있는 재료로 만들어도 괜찮겠지. 치카 씨는 본인이 만든 게 아닌 음식을 먹고 싶다고 했었는데, 이 정도라도 좋아해 줄 거야.

"요 며칠, 위에서 눈물 소리 안 났지."

늦잠을 잔 오빠가 일어나서 접시에 놓인 달걀말이를 집어먹었다.

"잠깐, 손으로 집어먹지 마."

잔뜩 노려보았더니 오빠는 하나 더 입에 욱여넣고 자기 방으로 도망갔다.

"확실히 안 났네. 뭔가 기분 전환되는 일이 있었나."

엄마는 그렇게 말하며 나에게 의미심장한 말을 던지고 텔레비전을 켰다. 엄마가 늘 즐겨보는 드라마가 막 시작하고 있었다.

"엄마, 오빠가 먹어버려서 달걀말이가 줄어들었어."

"그럼 하나 더 만들래? 냉장고 안에 달걀 한 팩 더 있어. 파도 썰어놨으니 그거 넣으면 더 맛있을 거야."

남은 달걀말이는 치카 씨만 먹는다면 충분한 양이었다. 하지만 나도 같이 먹기엔 적었다. 마음을 다잡고 냉장고를 열어 보았다. 엄마가 말한 파와 피자용 치즈도 함께 꺼내 달걀말이에 넣었다.

"달걀말이 도시락, 완성이네."

도시락에 담는 건 엄마가 도와주었다. 나무젓가락 두 개 넣으면, 완성이었다.

"그럼, 다녀올게요."

지금 가면 조금 이른 점심 배달이 되려나. 치카 씨가 좋아할까 생각하며 귀를 기울여 보았다. 눈물 소리는 들리지 않았다.

몇 번이고 벨을 누르고 노크를 해보아도 기척이 느껴지지 않았다. 치카 씨는 집을 비운 듯했다.
"집에 없는 건가."
다시 놀러 오기로 약속했지만, 날짜를 정한 것도 아니었고 어린아이가 있다고 해서 밖에 못 나가는 것도 아니었다. 손에 쥔 도시락이 든 종이봉투가 묵직하게 느껴졌다.
"모처럼 만들었는데."
기다리면 금방 올까? 아니면 집에 가서 오빠랑 먹을까……. 고민하며 하늘을 보니 오랜만에 쾌청했다. 부는 바람이 적당히 시원해 기분이 좋아졌다. 모처럼 싼 도시락이니까 산책이라도 갈까. 오래전에 읽었던 미스터리 소설 속 주인공이 했던 게 떠올랐다. 주인공의 도시락은 샌드위치인 데다가 이렇게 양이 많지도 않았지만, 벤치에 앉아 혼자서 이 도시락을 먹는 것도 좋을 것 같았다. 아파트를 나오니 적당히 포근한 햇살에 얇은 베일을 쓴 것 같았다. 계획은 바뀌었지만, 왠지 멋진 하루가 될 것 같은 기분이 들었다.

어디로 갈까. 어디까지 갈까. 핸드폰도 있으니 길을 헤매는 것도 괜찮을 것 같은데. 나는 평소에 가보지 않았던 길로 나아갔다. 주택가가 이어지고 빨간색, 보라색 수국이 여기저기 핀 정원에서 얼굴을 내놓고 있었다. 탐험도 좋지만 돌아다니다 보니 배가 고파져 도시락을 먹을 곳을 찾아야겠다는 생각이 들었다. 그런 생각을 하며 다시 한참 걸었더니 길 안쪽에 나무가 우거진 곳이 눈에 들어왔다. 그때였다.

"꺅."

모퉁이에서 사람이 튀어나왔다. 부딪히진 않았지만 너무 놀라 소리를 질러버렸다.

"죄송합니다."

상대방도 놀랐는지 눈을 크게 뜨고 깜짝 놀란 표정을 짓고 있었다.

"다른 생각을 하고 있었어요."

당황한 목소리. 그 사람이 머리를 깊게 숙였다.

고개를 들자 한번에 알아보았다.

"화장실에서……."

자연 곱슬인 복슬복슬한 머리를, 오늘은 포니테일로 묶었다.

"아……."

상대방도 생각난 것 같았다. 얼마 전, 켄 선배네 교실에 갔을 때 화장실 앞에서 만났던 그녀다. 만났다고 하기엔 눈이 마주친 것뿐이지만.

"아, 그럼 전 이만……."

당연히, 껄끄럽겠지. 도시락을 갖고 화장실에서 나오다가 친구와 후배를 마주쳤으니.

그녀가 천천히 멀어지는 뒷모습을 보니 좋은 생각이 떠올랐다.

"저기요!"

포니테일이 둥실 흔들리며 돌아보았다.

"점심, 드셨나요?"

"아직인데……."

"도시락 있는데 같이 드실래요?"

종이봉투를 살짝 들어보았더니 선배는 눈을 몇 번이나 깜빡였다.

♦

공원 벤치에 앉아 서로 자기소개를 했다. 선배의 이름은 호리우치 나나미. 나나미 선배라고 부르기로 했다. 나나미 선배는 심부름으로 편의점에 물건을 두고 오는 길이었다며, '친구가 도시락을 만들어 왔어'라고 가족에게 전화를 걸어 말했다. 그런 선배를 곁눈질로 보며 나는, 거의 안면이 없는 후배인데도 장단을 잘 맞춰준다고 생각했다.

"달걀말이가 두 종류나 있네. 정말 나도 먹어도 돼?"

이 사람은 왜 화장실 같은 데서 혼자 밥을 먹는 걸까.

"많으니까 마음껏 드세요."

보기에는 밝고 착해서 친구도 많을 것 같은데.

"맛있다. 도시락은 미온이 만든 거야?"

고개를 끄덕이자 나나미 선배는 '대단하다, 대단해'라

고 몇 번이나 말했다. 처음부터 끝까지 혼자 만든 건 사실 달걀말이뿐이었지만, 둘이 먹으니 금방 없어졌다.

"답례로 주스를 사올게."

그러고 보니 서둘러 나오느라 마실 건 아무것도 가져오지 않았다는 사실을 깨달았다. 나나미 선배는 재빨리 공원 구석에 있는 자판기에서 주스를 사왔다.

"사과랑 오렌지 중에 뭐가 좋아?"

"사과로 할게요."

공원에는 우리 말고는 아무도 없었고 초록 잎사귀가 바람에 스쳐 흔들리고 있었다. 춥지도 덥지도 않고 딱 좋은 계절. 초여름이란, 지금 같은 시기를 말하는 것이겠지.

"얼마 전에 이상한 모습을 보였지."

어떻게 해야 나나미 선배의 이야기를 들을 수 있을지 고민하고 있는데, 나나미 선배가 먼저 말을 꺼냈다.

"아, 아니에요, 그런 거……."

예전에 켄 선배가 화장실에서 밥 먹는 사람의 기분을 생각해 봤다고 해서 나도 상상해 보았는데 이유 같은 건 본인이 가장 알고 싶을 것이라는 결론을 내렸다. 왜냐하면 본인이 원해서 화장실에서 도시락을 먹는 사람은 없을 테니까. 그래서 이야기를 들어도 어디서부터 어떻게 해야 할지 모르겠다.

"켄은 소꿉친구야. 바로 옆집이거든. 부모님끼리 친하시기도 하고."

역시 켄 선배와 나나미 선배는 친구였다.

"우리 엄마랑 켄의 어머니, 두 분 다 정원 가꾸는 게 취미라 어릴 때부터 항상 서로 집을 오가곤 했어."

나도 '켄 선배'라고 부른 적 있지만 '켄'이라는 이름을 부르는 친근한 호칭에 왠지 모르게 가슴이 따끔했다.

"지금은 안 그래요?"

"둘 다 중학생이니까, 아직도 부모님을 따라다니면 안 되지."

"그렇군요……."

소꿉친구였다니. 켄 선배, 그 후에 아무 말도 하지 않았는데. 게다가 그때 나나미 선배가 화장실에서 도시락 먹는 걸 처음 알게 된 것처럼 놀랐다.

"켄한테는 보여주고 싶지 않았어."

차가운 주스지만 나나미 선배는 손을 덥히듯이 캔을 꼭 쥐었다.

"왜요?"

역시, 그런 모습은 소꿉친구에게 보여주고 싶지 않은 걸까.

"있잖아, 켄은, 겉으로 안 그런 척해서 잘 모르겠지만 자기 일이든 남의 일이든 간에 어릴 때부터 잘 울었어."

가슴 쪽이 조금씩 콕콕 쑤셨다. 선배가 울보라는 건 나만 아는 사실이라고 생각했다. 생각해 보면 나 말고도 아는 사람이 있었을 텐데.

"유치원 때인가. 아끼던 금색 색종이를 심술궂은 아이에게 뺏겼을 때, 매일 열심히 물을 주었던 해바라기가 태풍 때문에 쓰러졌을 때, 같이 다니던 수영 교실의 승급 테스트에서 나만 떨어졌을 때도, 자기가 떨어진 것처럼 엉엉 울었어."

나나미 선배가 무언가 떠올랐다는 듯이 픽 웃었다. 켄 선배가 울보인 건 진짜 어릴 때부터였다니. 본인에게 물어도 절대 알려주지 않을 거라, '알게 돼서 다행이다'라고 생각하면서도 다른 사람에게 들으니 왠지 우울해졌다.

"이제 겨우 울보에서 벗어난 것 같은데 나 때문에 또 울면 안 되잖아."

켄 선배, 지금도 학교에서 맨날 숨어서 우는데요. 지금까지 제대로 물어본 적은 없지만, 아마 어릴 때랑 다르지 않은 이유로.

"그런데, 나나미 선배는 왜 화장실에서……."

결국 하기 어려운 이야기를 묻고야 말았다.

"원래 친구 사귀는 게 좀 서툴러. 1학년 때는 초등학교 때부터 친했던 친구랑 같은 반이 돼서 어찌저찌 잘 지냈는데, 2학년에 올라와서는 그 친구랑 다른 반이 된 후로 다른 그룹에 껴달라고 할 용기가 안 났어. 반 친구들도 보기만 하고 같이 놀자고 하지 않아서 자연스레 혼자가 되어버렸지."

잠시 고개를 갸웃거리다가 나나미 선배는 다시 미소 지었다.

"외톨이라는 걸 주변에서 알게 되는 건, 꽤 괴로워."

사람이란 슬플 때 웃기도 하는구나.

"힘드셨겠어요."

말하고 나서, 스스로도 경솔하다고 생각했다. 하지만 어떤 말을 하는 게 정답인지 짐작도 되지 않는다.

"계속 걱정하는 켄에게 더 이상 신경 쓰이게 만들어 폐를 끼치고 싶지 않아."

"그런……."

켄 선배가 그렇게 생각할 리가 없다. 입은 거칠어도 그토록 아름다운 눈물 소리를 내는 선배가, 한순간이라도 민폐라고 생각할 리가 없다.

그건 내가 확신할 수 있다. 하지만 켄 선배의 소꿉친구인 나나미 선배에게 말해도 그다지 소용없을 것 같았다. 내가 아는 건 이미 다 알고 있을 테니까. 너무 착하고, 다른 사람의 슬픔에 민감한 것도.

"켄 선배는 나나미 선배 같은 사람들을 돕기 위해 교칙을 바꾸려고 해요."

천천히 시선을 떨어뜨린 옆모습은, 아직 웃고 있었다.

"그렇구나."

울면 위로해 줄 수 있는데 눈물 소리는 나지 않았다. 이렇게 평온한 표정인 사람에게 더 이상 무슨 말을 할 수 있을까.

"다른 사람은 어떨지 모르겠지만……."

혼잣말처럼 작은 소리였지만 단호한 어투로 딱 잘라 말했다.

"나는 그냥 내버려뒀으면 좋겠어."

"네?"

교칙 개정을 엄청나게 좋아할 거라고는 생각하지는 않았다. 그래도 설마 이런 반응일 줄이야.

"점심시간에 교실 밖으로 당당하게 나갈 수 있는데요?"

"응."

"다른 반 친구랑 도시락을 먹을 수 있는데도요?"

나나미 선배가 천천히 내 쪽을 보았다. 나는 똑바로 쳐다볼 수 없어서, 바람에 흔들리는 나나미 선배의 풍성한 머리카락에 시선을 두었다.

"하지만 난 친구에게 알리고 싶지 않아."

친구에게 알리고 싶지 않다고?

친구인데?

"그러니까, 시끄러워지지 않았으면 해."

갑자기 얼굴이 뜨거워졌다. 나는 엄청난 착각을 하고 있었다. 친구라고 해서 뭐든 말할 수 있는 건 아니다. 세라도 오노우에에 관한 것은 나에게만 말했다고 했었다. 다른 반에 친구가 있어도, 고민을 털어놓을 수 없으면 교칙이 바뀌어도 소용없다.

"생각이 짧았어요."

내 눈물 소리가 들리지 않아서 다행이다. 눈 안쪽이

시큰거렸다. 지금까지 사람과 제대로 관계를 맺어보지 않아서일까. 친구라면 뭐든 이야기할 수 있고 뭐든 들어주는 존재라고 생각했다.

"미온도, 켄도 착하네."

켄 선배는 그럴지도 모르지만 나는 아니다. 그런 게 아니야. 힘껏 절레절레 고개를 저었다.

"하지만, 그래도 켄 선배는 나나미 선배도 이해할 만한 비장의 수단을 생각하고 있어요. 그러니 기다려 주세요."

나나미 선배는 결국 헤어질 때까지 눈물 소리를 절대 내지 않았다. 하지만 새어나오지 않도록 애초에 힘껏 억누르고 있다는 생각이 들어서 견딜 수 없었다.

힘들어하는 사람을 눈앞에 두고 마음 한구석으로는 다른 생각을 하고 있었다.

나도 켄 선배가 울보라는 걸 알고 있다고 말하고 싶었다. 우는 모습을 몇 번이나 봤다는 것도. 그리고 '학생회장에게 대대로 전해 내려온 방'이라는, 둘만의 비밀이 있다는 것도. 보통 사람들에게는 들리지 않는 켄 선배의 눈 안쪽 눈물 소리는 아무리 소꿉친구라 하더라도 들어본 적 없을 것이다. '켄 선배는 나나미 선배가 생각하는 것보다 훨씬 더 울보예요'라는 생각을 했지만 말하지는 않았다. 말하고 싶었지만, 어떤 말을 골라서 하더라도 쓸모없는 말 같다고 생각했다.

무엇보다, 어째서 나는 눈물을 봉인할 정도로 마음을 닫아버린 사람을 온전히 걱정할 수 없는 걸까. 오늘 했던 이야기, 만약 켄 선배가 들었다면 틀림없이 대성통곡했을 것이다. 그런데 나는 나나미 선배에게 대꾸할 궁리만 한다니.

내가 이렇게 냉정했었나? 이렇게까지 별로인 사람이었나? 터벅터벅 걸어 집으로 돌아왔다. 집에서 출발할 때는 치카 씨를 만나지 못한 건 아무렇지 않을 정도로 무척이나 즐거웠는데, 하늘은 맑게 개었고 부는 바람도 기분을 좋게 만들어 무언가 새로운 일이 시작될 것만 같은 예감이 들었는데. 지금은 쨍쨍 내리쬐는 햇빛에 말라 죽을 것 같았다.

'사토이 동생, 성격 나쁘다는 말 자주 듣지?'

처음 교칙 개정을 제안했을 때, 켄 선배가 이렇게 말했었지. 왜 지금 그 생각이 날까.

◆

"미온!"

조금 더 가면 아파트가 나오는 곳에서 익숙한 목소리가 들렸다. 고개를 드니 치카 씨가 보였다. 끌고 있는 유모차 고리에는 종이봉투가 여러 개 걸려있었다.

"미온, 언제 또 놀러 와?"

치카 씨의 목소리는 예전과 비교할 수 없을 정도로 밝았다.

"오늘 갔었어요."

"그래? 레이 옷이 작아져서 새로 사러 갔었어. 지금 놀러 올래?"

오늘은 세라의 사랑을 응원하기 위해, 조언을 구하려고 했었다. 그런데 왠지 갑자기 피로가 몰려왔다.

"다음에 갈게요."

유모차에서는 레이가 기분 좋은 듯 나를 향해 손을 뻗고 있었다.

"그래. 레이, 미온 언니한테 인사해."

레이는 아직 말을 알아듣지 못해 멀뚱히 나를 바라볼 뿐이었다.

열심히 해서 켄 선배에게 도움이 되고 싶은데, 나는 왜 이럴까. 아무것도 모르는 아기에게조차 웃는 얼굴로 대꾸할 수 없었다.

♦

 새로운 한 주가 시작되었다. 방과 후, 선배는 언제나처럼 선인장에 물을 주고 있었다.
 "그 선인장은 선배가 집에서 가져온 거예요?"
 콧노래 같은 걸 흥얼거리는 걸 보니, 오늘의 선배는 기분이 좋다.
 "응. 받은 건데 가져왔어."
 "혹시……."
 나나미 선배가 준 걸까? 응, 분명 그렇겠지. 어머니의 취미가 정원 가꾸기일 정도니까, 나나미 선배도 틀림없이 식물을 좋아할 것이다.
 "응? 뭐라고 했어?"
 "아무것도 아니에요."
 나나미 선배와 만났던 일을 말할지 말지 고민했지만, 결국 하지 않았다.

"화장실에서 도시락 먹는 학생 리스트도 완성됐네."

주스를 꼭 쥐고 이야기하던 나나미 선배의 웃는 얼굴이 계속 머리에서 떠나지 않는다. 그런 웃음은 그만 지었으면 좋겠다. 공원에서 딱 한 번 도시락을 나눠 먹은 사이지만 그런 생각이 들었다. 켄 선배에 대해 안다고 해서 묘한 저항감을 가지긴 했지만, 이건 다른 문제였다.

"선배, 그 리스트 작성, 그만하는 게 어때요?"

이 방을 필요한 사람들에게 개방하고 싶은 선배의 마음을 모르는 건 아니다. 하지만 지금은 그 리스트를 보면 위화감이 들었다.

"무슨 말이야?"

"누가 화장실에서 도시락을 먹는지 알아두는 건 좋다고 생각하는데요. 그 학생들의 이름을 표로 만드는 건 좀 다른 문제인 것 같아요."

"좀 다른 문제라고?"

"만약에 본인 이름이 그 리스트에 있다는 걸 알게 된다면, 선배는 어떨 것 같아요? 좋은 의도로 생각해 줬다고 이해는 하더라도 묘한 기분이 들 것 같아요."

"이건 너랑 나만 아는 거고, 누구한테도 보여줄 생각은······."

선배는 그렇게 말하면서 손에 든 리스트를 한참 동안 가만히 쳐다보았다.

"확실히, 다르긴 하지."

말과 함께 동시에 종이를 쫙쫙 찢기 시작했다. 순식간에 리스트는 조각나 버렸다. 몇 시간 동안 공들여 만든 건데, 괜찮나? 어안이 벙벙해서 보고 있자니, 선배는 색종이 꽃가루처럼 갈기갈기 찢어진 종이 조각이 흩어지지 않도록 테이블 위에 살며시 올려놓았다.

"학생회 도움을 받는 건 싫을 거야. 진심으로 친구가 되어야지. 생각이 짧았어."

누구라도 좋으니 도와주길 바라는 사람도 분명히 있을 것이다. 선배가 한 일이 틀렸다고 생각하지는 않는다. 하지만 상처받은 사람을 '일'로서 대하는 건 어쩐지 쓸쓸하다. 여기는 작은 학교지, 행정을 하는 곳이 아니니까. 리스트였던 종잇조각을 가만히 바라보았다.

"어?"

얼마 후에 선배가 내 얼굴을 들여다보았다.

"뭐예요?"

"사토이 동생, 웃고 있네."

"저, 그 정도로 잘 안 웃어요?"

"아니, 못된 얼굴로 자주 웃긴 하는데."

못된 얼굴이라니, 그게 뭐야.

"시끄러워요."

웃는 순간 침이 튀어나올까 봐 손으로 입을 가리는 선배를 보니 귀엽다, 웃는 모습을 보니까 좋다는 생각이 들었다. 마치 닭튀김을 먹고 맛있다고 느끼는 것처럼 아주 자연스럽게 피어올랐다.

웃는 모습에 기분이 좋아진다니……. 나, 켄 선배를 좋아하나?

"아, 또 얄미운 얼굴이다."

이렇게 나한테만 상냥하지 않은 선배를?

"이 종잇조각 좀 치워."

이렇게 거칠게 대하는 선배를?

"리스트도 그렇고, 항상 여러모로 도와주고 생각해 줘서 고마워."

이렇게 사람 속도 모르고 이런 말을 하는 선배를?

방금 리스트 얘기는 딱히 나나미 선배나 화장실에서 도시락 먹는 사람들을 생각해서 말한 건 아니었다. 배려심을 발휘한 것도 아니다. 그저 켄 선배도 나나미 선배도, 타인을 걱정하는 마음이 무척 예쁜 사람들이라 나도 두 사람을 닮고 싶다는 생각에 말해본 것이다. 조금 좋은 말을 했다고 해서 그렇게 되지는 않겠지만.

"뭐야, 웬 한숨. 표정이 좀 무서운데."

"다 선배 때문이에요."

"다 내 덕분이 아니라?"

뭐라는 거야, 이 선배. 그런데 반박할 수 없어서 분하다. 이렇게 뒤죽박죽 엉망진창인 기분이 드는 것도, 좋은 사람이 되고 싶다고 생각한 것도, 전부 선배 때문이자, 덕분이다. 지금까지 친구 없이 혼자 지내면서 누구에게도 휩쓸리지 않고 흔들리지도 않았는데, 선배의 말 한마디에 이렇게 쉽게 짜증이 나기도 하고 날아갈 것 같은 기분이 되기도 한다. 두근거리는 건, 좋아하는 미스터리 작가의 최신작을 읽을 때 정도였는데. 나, 원래 이런 사람이었나? 그냥 이 분함이 좋다. 이 방처럼.

"그럼, 교칙을 바꾸면 아는 사람한테 말할까?"

바로 얼마 전까지만 해도, 이곳은 선배만 아는 비밀 공간이었다. 거기에 내가 와서 둘의 공간이 되었다. 둘만의 비밀이었다. 머지않아 사람이 많아지려나. 예를 들면 나나미 선배라든가.

"그렇죠. 앞으로 이 방은 북적거리겠네요."

뭐라는 거야, 나. 생각한 적도 없는 말을 하는 나 자신에게 깜짝 놀랐다. 하지만 이런 말밖에 할 수 없었다.

또다시 휴일이 되었다. 나는 전날부터 준비에 돌입해, 이번에는 닭튀김 도시락을 만들었다. 기름에 튀길 때는 엄마의 도움을 받았다.
"야마모토 씨, 닭튀김 좋아해?"
오빠는 또 손으로 몰래 집어먹고 있었다.
"글쎄, 좋아하려나."
나는 치카 씨가 무엇을 좋아하는지 모른다. 하지만 내가 좋아하는 것을 가져가면 이야깃거리도 되고 무엇보다 남길 일이 없다.
"오늘은 아침부터 소리도 나고, 집에 있지 않을까."
엄마는 이렇게 말하며 천장을 올려다보았다.
"바쁜 것 같으면 줄 만큼 덜어주고 금방 올게."
"그러렴."
오늘은 꼭 치카 씨를 만나서 상담하고 싶다. 세라의 사랑을 응원하고 돕기 위해. 그리고…… 내 얘기도 들어주었으면 좋겠다.

♦

"닭튀김, 엄청 좋아해."

치카 씨는 집에 있었다.

"같이 먹어도 돼요? 할 말도 있고요."

오늘은 바로 문이 열렸다. 얼굴색도, 전에 놀러 왔을 때보다 훨씬 좋았다.

"당연히 되지. 할 말이라니, 뭘까."

레이는 지난번과 다르게 아기 침대가 아니라, 옆에 있는 치카 씨의 이부자리에 누워있었다. 위를 보고 누워 있는 줄 알았는데 엎드려 있고, 또 얼마 후엔 다시 위를 보고 눕기를 반복하면서 까르르 웃고 있었다.

"뒤집기만 해도 이렇게 웃음이 나오는 건 분명 인생에서 이때뿐일 거야."

치카 씨는 이렇게 말하면서 테이블 위를 정리했다.

"뭐가 그렇게 재미있을까요?"

사람의 팔 관절은 손목을 제외하면 하나뿐인데도, 레이의 팔은 포동포동해서 두 개인 것처럼 보였다.

"얼마 전에 인터넷 칼럼에서 봤는데, 뒤집기를 하면 아기한테는 별세계일 정도로 시야가 바뀐대. 생각해 보니 그렇더라고. 레이는 지금까지 360도로 돌아본 적이 없으니까."

레이는 천장을 보고 누워, 자기 손을 찬찬히 보고 있었다.

"무섭다고는 생각하지 않나 봐요."

나도 시선을 내려 눈에 익은 내 손바닥을 보았다.

"무슨 뜻이야?"

"그러니까, 지금까지 본 적 없는 세상을 보는 거잖아요? 저라면 깜짝 놀라고 무서울 것 같아요."

"엇, 안전해."

"그렇긴 하지만……."

정리를 끝내고 닭튀김 도시락을 펼친 치카 씨는 스마트폰으로 사진을 몇 장씩이나 찍었다.

"이거 SNS에 올려도 돼?"

"올려도 되긴 하는데요……."

치카 씨는 놀라울 정도로 많이 먹었다. 닭튀김을 두 사람 몫치고는 많이 만들어 왔는데도 내가 천천히 먹는 동안 순식간에 없어졌다. 치카 씨는 아기에게 젖을 물리면 금방 허기가 진다고 말하며 모유가 혈액으로 만들어진다는 새로운 사실을 알려주었다.

"무슨 일 있어? 미온, 별로 기운이 없네."

뭐부터 이야기해야 할까. 어디서부터 어떻게 말해야 하나. 순간 생각이 머릿속에서 뒤엉켰다.

"친구가 연애 때문에 고민하고 있는데, 치카 씨에게 상담하고 싶어서요."

먼저 세라 이야기를 하자. 말로 할 수 없을 것 같은, 아직 감당할 수 없는 이 감정은 다음에 말할까.

"오, 설마 연애 얘기?"

식사를 마치고 치카 씨는 출산 선물로 받았다는 쿠키와 홍차를 내주었다. 나는 그것을 받아 먹으며 세라에 대해, 친한 친구처럼 말했다.

"그래서 어떻게 하면 두 사람이 친해질 수 있을지, 조언해 주실 수 있을까요?"

다른 사람의 일이라면 이렇게 자연스럽게 말할 수 있을 텐데.

"두 사람의 공통점은 없어?"

"좋아하는 과목이 같다고 하더라고요. 사회랑 영어였나."

"그럼, 다음 시험에서 더 잘 본 사람의 소원 들어주기로 제안해 보는 건 어때?"

"내기 같은 건가요?"

"그렇다고 할 수 있겠지. 만약에 세라가 이기면 쉬는 날에 어디로 놀러 가자고 하면 되지 않을까."

"그런데 지면 어떻게 해요?"

분명 오노우에는 '특기'라고 말했던 것 같은데.

"지더라도 그렇게 짓궂은 걸 말하진 않겠지. 어느 쪽이든 시험이 끝나도 이야기할 수 있는 기회가 생기니까 좋잖아."

그렇구나. 세라가 좋아할 정도의 남자고, 교실에서 보기에 얌전한 타입이니 터무니없는 요구 따위는 하지 않겠지.

"누가 이기고 지는 게 목적이 아니야."

"아니에요?"

"시험 기간에는 동아리 활동을 쉬니까, 둘이 만날 일이 별로 없잖아? 근데 그런 약속을 하면 집에 가서도 의식하게 될 거야."

"네?"

"만나지 않을 때도 오노우에는 분명 세라를 몇 번씩 생각하게 될 거야. 공부하면서 말이지."

"치카 씨, 대박······."

나는 절대로 떠올릴 수 없는 방법이었다.

"하지만 쉬는 날 놀러 가자고 하는 건 거의 고백이잖아요."

"그게 어렵다면 편의점에서 아이스크림 사달라고 하거나 방과 후에 바로 함께 할 수 있는 일은 어때? 그때 다음 약속도 잡을 수 있으면 좋고."

"치카 씨, 천재······."

입이 떡 벌어진 나를 보고 치카 씨는 키득거렸다. 나도 하고 싶다. 물론 켄 선배랑. 공통점도 생각나지 않고 학년이 달라서 시험 내기도 어려울 것 같지만. 그럼에도 선배와 같이 해보고 싶었다.

조금 전까지 기분 좋아 보였던 레이가 갑자기 울기 시작했다.

"레이도 배가 고픈가."

치카 씨가 안아도 울음은 그치지 않았다. 역시 아기의 눈물 소리는 모르겠어. 아기가 아니라면 눈물이 눈 밖으로 나오기 전에 소리로 알 수 있을 텐데.

"수유해야겠네."

수유?

치카 씨는 이렇게 말하고 망설임 없이 티셔츠를 휙 걷어 올리고 레이에게 젖을 물리기 시작했다. 이런 거구나. 시간이 얼마나 걸리려나. 보고 있어도 되는 건가.

"나 말이야, 아이를 낳고 나서 인생 최고로 많이 울고 있는지도 몰라."

"그래요?"

예전과 비교해서 줄긴 했지만, 치카 씨는 여전히 자주 울었다. 그래도 인생 최고로 많이 라니.

"어젯밤에 아이가 울음을 그치지 않아서 늘 그랬듯 짜증이 났는데 문득 이런 생각이 드는 거야. 열도 없고 젖도 물렸고 기저귀도 방 온도도 다 괜찮은데 왜 이렇게 우는 걸까."

레이는 눈꼬리에 눈물을 매달고 열심히 젖을 먹고 있었다.

조금 전에 연애 상담을 해주던 치카 씨는 '언니' 같은 느낌이었는데 레이의 보드라운 갈색 머리칼을 사랑스럽게 어루만지는 그녀는 '어머니' 그 자체였다.

"아기는 말이야, 분명 이 세상에 오는 걸 기대하면서 태어났겠지. 그러니 조금이라도 생각한 것과 다르면 울어버리는 거야. 자신의 감정에 솔직하다니 대단하지. 우는 건 제대로 살고 있다는 증거구나 싶었어. 그래서 나도 이 세상에 온 지 아직 26년밖에 안 됐으니 울고 싶을 때는 울어도 되지 않을까? 라는 생각을 했어."

이렇게 말하고는 입꼬리를 올리며 빙긋 웃는 치카 씨는 또 다르게 보였다. 언니도 엄마도 아닌 '야마모토 치카'라는 한 인간이었다.

"아, 나 무슨 말을 하는 거야."

치카 씨는 고개를 들고 눈을 찡긋했다.

"저는 사람은 약해서 운다고 생각했어요."

하지만 지금은 더 이상 그렇게 생각하지 않게 되었다.

"눈물은 남을 위해서일 때도 있고 나를 위해 흘리기도 하고 여러 종류가 있지만 요즘엔 강하든 약하든 상관없다고 생각해요. 얼마 전까지는 나를 위해 우는 건 꼴사납다고 생각했는데 오늘 치카 씨와 얘기하면서 그것도 중요하다는 걸 알게 됐어요."

이런 귀 때문인지 판단 기준은 항상 눈물 소리였다. 강하다고 생각했던 세라도 오노우에의 말 한마디에 일희일비한다. 그러니 좋아하는 사람을 따라 기분이 왔다 갔다 하는 것을 '약하다'고 할 수는 없다. '강함'은 타인이 결정할 수 있는 것이 아니었다.

"맞아. 다들 살기 위해 많이 울고 타협하는 것일지도 몰라."

잠시 후, 치카 씨는 배가 찬 레이의 등을 토닥였다. 트림이 나오게 하려는 것이라고 한다. 아기는 트림조차 혼자 할 수 없구나.

"그래서, 미온이 기운 없는 건 무슨 일 때문이야?"

치카 씨의 품 안에서 레이는 크게 하품했다.

무슨 일이 있었는지 시간 순서대로 말하면 좋을 텐데, 가슴 언저리에 무언가 걸려서 나오지 않았다. 난생처음 겪어보는 이 간질간질한 감각을 설명하려면 아직 시간이 필요한 것 같다.

"다음에 얘기할게요. 아직 머릿속을 좀 더 정리해야 할 것 같아서요."

"얘기하면 개운할 텐데."

분명 그럴지도 모른다. 세라의 마음을 알겠다. 치카 씨는 우리 학교에 대해 모른다. 다른 사람에게 말할 걱정도 없다. 게다가 나에게 호의를 갖고 있다. 그래서 무슨 얘기를 하더라도 내가 피해를 볼 일은 없을 것이다. 세라가 교실에서는 다른 사람들과 전혀 관계를 맺을 생각이 없는 나에게 말할 수 있었던 것처럼.

"좋……."

"좋?"

일단 입을 열고 목소리를 쥐어 짜냈다.

"좋아하는 사람이 생겼어요."

여기까지가 지금 내가 할 수 있는 최대치였다. 얼굴이 확 달아올라서 어디로든 숨고 싶었다. 역시 상대가 치카 씨라도 마음을 털어놓는 건 부끄럽다.

"엇, 그렇구나."

치카 씨가 눈을 반짝이니까 그게 또 너무 눈부셔서 도망가고 싶어졌다. 그런데 나도 모르게 히죽 웃고 있다는 건, 거울을 보지 않아도 알 수 있었다.

"어떤 애야? 같은 반?"

"한 학년 선배예요."

왠지 몸이 간질간질해서 시선을 여기저기로 던졌다.

"동아리?"

"아니요, 동아리 활동은 안 해서……."

분명 이대로 질문 공세를 당할 것 같다…….

"오늘은 이만 가볼게요!"

벌떡 일어나자, 치카 씨는 노골적으로 아쉬운 표정을 지었다.

장마는 언제 끝날까. 아파트 계단을 내려가면서 바깥을 살펴보았다. 소리도 들리지 않고 자세히 보지 않으면 눈치채기 어려운 안개비가 내리고 있었다.

'살기 위해 많이 울고 타협한다'였나.

문득 치카 씨가 했던 말이 떠올랐다. 타협이라, 낯선 말이다. 나는 켄 선배를 좋아한다고 자각한 다음에 운 적은 없다. 울 정도까지 좋아하는 건 아닌 걸까. 다시 말하면, 울고 싶은 건 아니지만.

세라와 나는 학교에서 어색하게 인사를 주고받으며 서먹서먹한 사이인 척했다. 그런 작은 변화를 알아챈 건지 스쳐 지나갈 때마다 나카모리의 따가운 시선이 느껴졌다. 사소한 건데 아닌 척하며 자세히 관찰하는구나 싶어 감탄했다.

타인과 관계를 맺으면 욕심이 생긴다.

처음에는 괜찮았다. 학급 안에는 몇 개의 그룹이 있어서 만약 누군가 혼자 빠져나와 다른 그룹으로 옮겨간다면 절묘하게 유지되었던 균형이 무너진다는 걸 알고 있으니까. 특히 여자는 더 그렇다. 나도 혼자 있는 게 편하고 그걸로 충분하다고 생각했다. 하지만 세라와 매일 밤 전화하게 되면서 학교에서도 같이 지내고 싶어졌다. 더 많은 이야기를 나누고 싶었다. 게다가 세라의 머릿속은 거의 오노우에로 가득 차있는데 사랑에 관해 이야기할 수 있는 게 나뿐이라면 나카모리보다 나와 함께 있는 편이 분명 세라도 더 즐거울 거라고 생각했다.

"세라, 내일 점심 나랑 먹지 않을래?"

큰맘 먹고 용기 내어 제안해 보았다. 물론 교실에서는 말할 수 없으니, 전화로 말했다.

"음······."

"지난번에 말했던 명란젓 달걀말이, 도시락 반찬으로 싸갈게."

세라의 숨소리 하나도 놓치지 않으려고 핸드폰을 귀에 바짝 붙였다. 내 숨소리마저 방해가 될까 봐 입술을 깨문 채 숨을 삼켰다.

"마도카랑 다른 친구들한테 물어볼게."

꽉 다물었던 입이 떡 벌어졌다. 나는 세라랑 둘이 먹고 싶다는 의미로 말했는데 왜 거기서 다른 사람이 나오는 거야. 본인 일이니까 스스로 결정할 거로 생각했지만, 예상외의 대답에 아무 말도 할 수 없었다.

"맞다, 어제 드디어 오노우에랑 시험 내기하기로 약속했어. 거절당할까 봐 불안했는데 쉽게 수락해 줬어……."

세라는 금방 화제를 바꾸었다.

"그랬구나. 잘됐네."

"미온이 말한 것처럼 오노우에가 공부하면서 나를 떠올릴까?"

"분명 지금쯤 자기가 이기면 세라에게 해달라고 할 것도 생각하고 있을걸."

세라는 나와 학교에서 시간을 보내는 건 싫구나. 불편한 상황에서 벗어나려고 전혀 상관없는 나카모리 이름을 꺼낼 정도로. 화제를 바꾸는 소재로 자신이 좋아하는 사람을 쓸 정도로. 내가 만든 달걀말이를 먹어보고 싶다고 했던 건 그냥 해본 빈말이었을까.

"나도 말이야, 안 그래도 매일 오노우에를 생각하는데 약속한 다음부터 더 머릿속에서 떠나지 않아."

"오노우에를 진짜 많이 좋아하는구나."

매일 대화하는 나 따위는, 조금도 생각해 주지 않을 정도로 말이야.

미온, 힘내자. 아무렇지 않은 척해야지. 되뇌며 생각하는데 눈물이 흘렀다. 지금은 내 눈물 소리가 내게 들릴 정도로 뺨을 타고 흘러내렸다. 나는 또 엄청난 착각을 하고 있었다. 이야기를 많이 한다고 해서 꼭 친해지는 건 아니었다. 나만 세라를 좋아했던 거였어. 비밀을 안다고 해서 특별한 사이가 될 수는 없었다.
 "내가 이겨서 데이트하고 싶으니까 시험공부 열심히 해야지."
 분명 이겨도 편의점에서 무언가 사달라는 정도일 거라고 생각했는데 세라는 대단하네. 그렇게 대담할 줄 몰랐다.
 얼마 만에 이렇게 울어보는 걸까. 전화라서 다행이었다. 눈물을 참으려고 할수록 쓸데없이 더 많은 눈물이 흘러내렸다. 문득 레이의 우는 얼굴이 떠오르며 치카 씨가 아기는 생각한 것과 다르면 운다고 했던 말이 생각났다. 나도 똑같네. 멋대로 생각하고, 판단하고, 기대하고. 이제 중학생인데 바보 같았다.

 다음 날 점심시간, 도시락을 펼쳤다. 항상 그래왔으니까. 교실에서 덩그러니 혼자 먹는 게 일상이다. 중학교에 입학했을 무렵엔 아니었지만, 지금은 아무도 신경 쓰지 않는다. 하지만 오늘은 달랐다. 한순간이었지만 세라가 내 쪽을 보는 시선이 느껴졌다. 나는 온몸의 자존심을 싹싹 긁어모아 고개에 힘을 잔뜩 주고는 돌아보지 않았다.

도시락에 담겨있는 명란젓이 들어간 달걀말이로 시선을 떨어뜨렸다. 세라가 마음을 바꿔서 나와 먹고 싶다고 한다면 주려고 아침 일찍 일어나 만들었다.

"엄마가 해줄 테니까 밥 천천히 먹어."

엄마는 이렇게 말했지만 내가 만들어야 세라가 같이 도시락을 먹으러 올 확률이 높아질 것 같았다. 어제와 달라진 건 아무것도 없는데 말이다. 세라는 점심시간 절반이 지나도록 자리에서 일어나 내 쪽으로 오지 않았다.

오늘은 나카모리가 한 번도 날 노려보지 않았다. 그렇다면 세라는 나카모리에게 '사토이랑 같이 먹어도 돼?'라고 묻지도 않았다는 것이겠지. 눈물 소리도 전혀 들리지 않았다. 혼자인 게 이토록 비참하다고 생각한 건 처음이었다.

만약 오늘 같이 도시락을 먹게 된다면 좋아하는 사람이 생겼다고 세라에게 말하려고 했다. 하지만 왠지 평생

못 할 것 같고 이젠 하고 싶지 않다.

도시락을 천천히 정리했다. 교실이 이렇게 넓었던가. 추운 것도 아닌데 손이 떨렸다. 바로 옆에서 남자애들이 소란을 피웠다. 깜짝 놀라 어깨가 굳어졌다. 조금 떨어진 곳에서는 여자애들이 킥킥거리며 웃었다. 내 얘기를 하는 게 아니라는 걸 머리로는 알고 있었지만 가슴이 쿵 하고 내려앉았다. 고개를 숙이자, 어깨에 닿지 않을 정도로 짧은 머리가 커튼처럼 앞으로 떨어졌다. 하지만 그걸 귀 뒤로 넘길 기운도 없었다. 마지막 힘을 쥐어 짜내서 교실을 나와 달렸다. 그렇게 도착한 곳은 화장실이었다. 칸에 들어가자 꽉 조이던 끈이 풀어진 것처럼 편해졌다.

이곳엔 아무도 없고, 내가 여기 있는 걸 아무도 모른다. 내가 어떤 표정을 하고 있든 이러쿵저러쿵할 사람이 없었다. 오늘 중에 가장 마음이 편한 순간일지도 모르겠다. 그래, 내일부터 여기서 도시락을 먹어야지. 그것만큼은 하고 싶지 않았지만, 교실에서 비참하게 있는 것보다 화장실이 훨씬 나았다.

마음대로 안 되네.

마음대로 안 돼.

왜 이렇게 되었을까.

눈물이 멈추지 않았다.

♦

그로부터 며칠이 지났다. 나는 점심시간에는 화장실, 방과 후에는 비밀 공간에 머물렀다. 점심시간의 화장실은 안심할 수 있는 공간이라면 비밀 공간은 '힐링'이었다. 좋아하는 사람이 있고, 누가 올까 봐 걱정되지 않는, 마음에도 햇빛이 드는 곳이라고 할까.

선배는 '화장실 방'이라고도 종종 불렀지만, 화장실이 아니니까 좀 더 멋있는 이름을 고민하는 게 좋겠지. 이런 생각을 하고 있는데 켄 선배의 목소리가 들렸다.

"이제 조금 있으면 장마 끝난대."

오늘도 선배는 노트북을 보고 있었다.

"그래요?"

여름방학 전 조회 시간에 할 스피치 원고라고 했던가.

"그러고 보니, 교감 선생님 손자가 태어났대."

"그렇구나."

이제 나의 전용석이 된 해먹에 익숙한 자세로 몸을 맡겼다.

"사토이 동생, 오늘따라 기운이 없네."

"그래요?"

교감 선생님 손자 같은 얘기에 별 감흥 없는데.

"그래."

나도 화장실에서 밥을 먹게 된 지금, 나나미 선배를 이해할 수 있을 것 같다. 그때는 이해하는 척해서 미안하다고 말하고 싶다. 하지만 같은 처지가 되어서 더 마주치고 싶지 않았다.

"선인장에 물 줘도 돼요?"

"되기는 한데······."

아까부터 힐끔힐끔 쳐다보는 켄 선배의 시선에서 도망치듯 해먹에서 내려왔다.

선배한테 뭐 잘못했나?

"이 선인장은 무슨 종류예요?"

선배가 하던 것처럼 분무기로 흙을 촉촉하게 적시면 물주기는 끝이다.

"그러고 보니, 뭔지 모르겠네. 찾아볼까."

인터넷에서 쉽게 찾아볼 수 있을 텐데 선배는 지금 도

서실에 가겠다고 한다. 나는 혼자 남기 싫어서 선배를 따라갔다.

아무도 없는 복도에 우리의 발소리만 울린다고 생각했는데 기악부의 연습이 시작되었다.

"요새 무슨 일 있어?"

"아무 일도 없는데요."

아, 지금 이 소리는 아마 트럼펫일 것이다.

"사토이가 걱정했어."

"오빠가요?"

"미온의 눈물 소리가 들렸다고 하던데."

들킨 건가. 점심때마다 가는 화장실과 오빠네 교실은 한 층밖에 떨어져 있지 않으니 눈치 못 챘을 리가 없다.

"오빠도 눈물 소리가 들린다고 선배한테 말했군요."

화제를 돌리고 싶고, 눈도 맞추고 싶지 않아서 나는 창문 밖을 보았다.

"미온에 대해 뭔가 아냐고 해서, 혹시 사토이도 눈물 소리가 들리는지 내가 물어봤어."

"오빠도 들린다고 말했잖아요."

"지금 그 얘기가 아니잖아. 괜찮은 거야? 사토이 동생이 운다니, 큰 폭풍이 올 것 같은데."

오늘 집에 가서 오빠를 어떻게 보지. 하필 켄 선배한테 상담하다니. 오빠는 내가 친구가 없다는 것을 예전부터 알고 있었고, 요즘 켄 선배랑 자주 같이 다니는 걸 아니까 당연한 일이긴 하지만……

"선배, 시끄럽네요."

눈물의 이유를 캐묻게 할 수는 없다. 나는 빠른 걸음으로 선배를 앞질러 도서실까지 뒤돌아보지 않고 복도를 걸었다.

오랜만에 온 도서실은 어두컴컴하고 책 냄새가 가득 차 있었다.

"식물도감이라니, 재밌네."

빌리는 사람이 거의 없었겠지. 선배가 도서실 안쪽에서 꺼내온 두꺼운 책에는 먼지가 쌓여있었다.

"본 적은 있어도 이름을 모르는 식물이 꽤 있네요."

"수국도 여러 종류가 있구나."

선인장을 찾는 와중에 우리는 나란히 앉아 다른 페이지도 함께 살펴보았다.

"맞다, 내가 가고 싶은 고등학교, 과거에 식물원이었대. 그래서 지금도 학교 정원에 여러 식물이 자란다나 봐."

"와, 재밌네요."

"그치?"

벌써 수험 생각도 하고 있구나. 선배가 지망하는 학교는 분명 머리가 좋아야 가는 곳이겠지. 선배에 대해 아무것도 모르는구나. 울보라는 것만으로 거의 다 파악하고 있다고 짐작했다.

"선인장, 이거 아니야?"

선배가 가리킨 곳에는 이렇게 적혀있었다.

코리판타 속 상아환(코끼리 이빨)
그리스어의 '정상'과 '꽃'을 합친 뜻이 어원이다. 선인장의 꼭대기에 꽃이 피는 특징에서 유래되었다.

"회장인 선배한테 딱 맞는 선인장 아닌가요?"
"그, 그런가."

싫지 않은 듯한 얼굴.

나나미 선배는 이름의 유래까지 알고 선물한 걸까. 선인장의 꽃말은 '불타는 마음', '따뜻한 마음'이라고 한다. 정말 선배한테 잘 어울린다. 선배의 눈물에 이름을 붙인다면 이런 느낌이지.

"오, 여름 끝 무렵에 꽃이 핀다고 써있네."

"예쁜 분홍색이네요."

"기대된다."

"그러게요."

여름의 끝 무렵이라면 여름방학이 끝날 때인가. 나는 그때도 선배 옆에 있을까.

도감에 따르면, 선인장의 꽃은 대개 2, 3일이면 진다고 한다. 그렇게 짧구나……. 선배 옆에서 볼 수 있었으면 좋겠다. 같이 보고 싶다고 말하고 싶지만……. 페이지를 넘기며 '오오'라든가 '이상한 이름이다'라고 중얼거리는 선배는 어린 남자아이 같았다.

"사토이…… 말이야."

내 쪽을 보지 않고 선배는 말을 꺼냈다.

"대단한 것 같아."

"오빠가요?"

"뭐든지 잘하고 항상 사람들의 중심에 있다고나 할까."

확실히 오빠는 어릴 때부터 남녀를 불문하고 누구에게나 사랑받는 타입이었다. 그건 아마 나와는 다르게, 누군가 눈 안에서 눈물이 맺힐 때마다 그 사람을 걱정해 줬기 때문일 것이다.

"그건 선배도 그렇잖아요. 성적은 선배가 더 좋지 않

나요?"

 아무리 오빠가 친구들에게 인기가 많다고 해도 선배는 모두에게 인정받는 '전교 회장'이다. 모든 면에서 유능한 것도, 매일 보고 있으면 알 수 있다.

 "아니, 나는 아무리 노력해도 사람들이 의지하지 않아. 근데 사토이는 달라. 재밌는 이야기든 상담이든 다들 사토이한테 해. 나한테는 안 해."

 깜짝 놀랐다. 선배에게도 고민이 있었구나. 당연히 바로 울어버릴 거라고 생각했는데. 혹시 오빠를 라이벌로 생각하는 건가.

 "그래서 말이야."

 선배가 드디어 이쪽을 보았다.

 "기뻤어. 사토이가 나한테 상담해 줘서."

 "무슨 상담이요?"

 "너에 대해서 말이야. 울고 있다고."

 "제가 울었다고 기뻐하지 마세요."

 또, 가시 돋은 말이 나와버렸다.

 "상담해 줬다는 게 기뻤을 뿐이야. 그래서, 무슨 일 있었어? 아까부터 말 돌리기만 하고."

 좋아하는 사람이 나를 걱정해 주고 있다. 다 말해버

리고 싶지만……. 다시 한번 나나미 선배를 이해하게 되었다.

왜 친구에게 고민을 털어놓을 수 없는지 생각해 보니, 비참한 내 모습을 알리고 싶지 않았다. 그리고 어쩔 수 없는 일로 괴로워하게 만들고 싶지 않으니까. 켄 선배만큼은 울리고 싶지 않았다.

"아무 일도 없어요. 오빠가 잘못 들은 거 아닐까요?"

14년이나 내 오빠로 살았으니, 나의 눈물 소리를 잘못 들었을 리가 없었다.

"맨날 들린다고 하던데."

"기분 탓이겠죠. 아니면, 다른 사람의 눈물 소리거나."

떳떳하지 못한 거짓말이었다면 분명 눈을 피했을 것이다. 하지만 소중한 것을 지키기 위한 거짓말이라 그러지 않았다.

빨리 화제를 바꿔야겠어.

"선배, 고민 상담해 주고 싶었어요?"

"시끄러워."

선배는 부끄러워하는 옆모습을 숨기듯이 양손으로 가리고는 도감으로 시선을 떨어뜨렸다. 또 하나의 귀여운 모습을 발견했다.

"어쩌면……."

"뭔데."

손가락 사이로 선배의 눈이 보였다.

"의지하기 전에 도와주기 때문일지도 몰라요."

"무슨 뜻이야?"

"선배는 상황을 빨리 눈치채고 주저 없이 사람들한테 잘해주잖아요? 그런데 생각 외로 사람들은 친절을 받으면 더 이상 의지하면 안 된다고 생각해서 고민 같은 건 털어놓지 못할 수도 있어요. 오빠는 자주 멍때리고 있어서 말 걸기 쉬운 거라고 생각해요."

선배가 입을 떡 벌렸다.

"너, 대단하다."

내가 생각해도 말을 잘한 것 같다.

"그것도 일리 있는 말 같네. 내가 그렇게 착해?"

"저한테는 아니고요."

둘이 동시에 웃었다. 선배도 짓궂은 웃음이 아니었고 아마 나도 못된 얼굴이 아니었을 것이다.

선인장 종류도 알았겠다. 도서실을 나와 비밀 공간으로 돌아가는 동안 별다른 말을 하지 않았는데도 선배는 기분이 좋아 보였다. 역시 선배의 웃는 얼굴이 좋다. 눈물 소리도 좋았지만, 웃는 얼굴은 이길 수 없다.

나는 언제까지 선배 앞에서 아무 일도 없는 것처럼 태연한 척할 수 있을까. 교실에서 점심을 먹으면서 오노우에를 생각하며 눈물 소리를 냈던 세라가 떠올랐다. 내 눈물 소리는 들리지 않지만 분명 지금 나도 똑같은 소리를 내고 있을 것이다.

"선배, 선인장에 꽃이 필 것 같으면 알려주세요."

함께 보고 싶다 같은 말은 절대 할 수 없다.

"알려주고 뭐고, 앞으로도 매일 올 거잖아."

선배는 이렇게 말하며 고개를 갸웃거렸다.

"맞아요!"

선배의 한마디면, 내 마음은 언제든 도감에서 본 선인장에 핀 꽃처럼 선명한 색이 된다.

♦

기말고사까지 일주일이 채 남지 않았다. 학교 전체의 공기에 긴장감이 돌아 쉬는 시간에도 단어장 같은 것을 보는 학생이 많아졌다. 나도 그중 하나로, 낮은 영어 성적을 조금이라도 끌어올리려고 애쓰고 있지만 방심하면 금세 다른 생각을 했다.

하나는 세라에 관한 생각이다. 내가 화장실에서 밥을 먹게 된 후부터 전처럼 매일 이야기를 나누지 않았다. 정확히는 내가 전화를 먼저 걸지 않아서 세라에게 전화가 올 때만 한다.

"요새 전화 잘 안 하네."

어젯밤엔 이렇게 말했지만, 나는 '그런가' 하고 애써 있는 힘을 끌어모아 대답할 수밖에 없었다. 그러고 나서 이야기는 곧장 바뀌어, 언제나처럼 '오늘의 오노우에 리포트'가 시작되었다.

뭐가 이렇게 힘든지 말로 다 설명할 수는 없지만, 더 이상 상처받지 않기 위해서는 이제 상관하지 않는 게 좋겠다. 세라를 탓하고 싶지는 않았다. 조금만 생각해 보면 내 기분을 알 수 있을 텐데 아무 말도 하지 않는 것은 혹시 나를 강한 사람이라고 생각하기 때문일지도 모르니까. 초등학교 때부터 항상 혼자 다니고 아무렇지도 않은 표정이었다면 그렇게 생각하는 것도 이해된다. 외롭다고 말해도 되나. 그렇게 하더라도 세라를 곤란하게 할 뿐, 아무것도 해결되지 않는다.

또 하나는, 켄 선배에 관한 생각이다. 교칙 개정을 위한 서명 운동은 순조롭게 진행되어 이제 선배가 선생님들과 협의하는 일만 남았다고 했다. 그래서 내 도움은 이제 필요 없어졌다. 게다가 시험 전에는 동아리와 학생회 활동이 금지되어 있어 비밀 공간에도 갈 수 없었다. 즉, 요 며칠 선배를 만나지 못했다.

지금 선배를 만난다면 '외로워요'라고 말할 것 같다. 연극의 여주인공처럼 우수에 찬 표정으로, 겉으로는 '선배를 놀리려고'라고 말하면서 선배는 어떤 반응을 보일까 지켜볼 것 같다. 선배가 조금이라도 당황한다면 성공이다. '태풍이 오려나' 같은 말을 중얼거리는 게 뻔한 결말일 테지만.

학급 활동 시간이 끝나고 방과 후가 되자, 모두 일제히 교실을 빠져나가기 시작했다. 사람들이 붐비는 게 싫은 나는 교실에서 혼자 영어 노트를 펼쳐놓고 시간을 보냈다.

"사토이, 아직 있었네?"

퍼뜩 정신을 차려보니 눈앞에 오노우에가 손에 열쇠를 들고 서있었다. 그러고 보니, 오늘 당번은 오노우에였다.

"아, 응."

세라에게 목뒤에 있는 점에 대해서까지 들었지만, 이야기를 나누는 건 처음이다.

"여기 영어 번역 틀린 것 같아."

내 노트를 들여다보는 듯했던 오노우에가 손가락으로 가리켰다.

"엇, 어디?"

"여기."

"이러면 맞아?"

문장을 맞게 고칠 때까지 오노우에는 기다려 주었다.

"맞아, 맞아."

"고마워. 틀리게 외울 뻔했네."

그는 크게 고개를 끄덕이며 열쇠를 책상 위에 두고 교실을 나갔다.

영어 잘한다더니, 진짜였네. 게다가 가르쳐주다니 세라는 친절한 사람을 좋아하고 있구나. 잘됐으면 좋겠다. 진심으로 그렇게 생각했다. 그렇게 생각할 수 있게 된 나 자신이 기뻤다.

시험을 앞둔 주말, 치카 씨네 집에 놀러 갔다. 남편이 돌아와서 소개해 주고 싶다며 초대했다.

"치카와 레이가 신세 지고 있지?"

여태까지 몰랐는데 레이는 남편인 쇼고 씨를 쏙 빼닮았다.

"아, 아니에요. 저야말로."

쇼고 씨는 그제 미국에서 돌아왔다며 나무로 만든 작은 장식물을 선물로 주었다.

"이거 혹시……."

"선인장일 거야. 내가 있었던 애리조나 주는 기후가 건조해서 길가에 많이 있더라고."

그러면서 핸드폰으로 찍어둔 사진을 보여주었다.

"내 눈으로 직접 보고 싶다."

무의식중에 중얼거렸다. 분명 아무리 커도 그루터기 정도 되는 선인장이 드문드문 있을 거라고 생각했는데, 전봇대만큼 크게 자란 선인장도 있어서 굉장한 기운이 느껴졌다. 사진만 봤을 뿐인데 애리조나의 건조한 바람이 느껴지는 듯한 기분이 들었다.

"장식물로 방에 둬도 되고, 키링으로 가방에 달아도 좋을 것 같아."

치카 씨도 같은 것을 받은 듯했다. 기념품 전용 선반에 올려져 있었다. 사람이 양손을 살짝 들고 있는 것 같은 모양인 선인장은 '항복'하는 것처럼 보이기도 하고, '신이시여, 도와주세요'라고 외치는 것 같기도 하다. 아니면 십자가 같달까.

"감사합니다. 잘 간직할게요."

두 손으로 살짝 감싸 쥐었더니 왠지 강해진 기분이 들었다. 그래. 시험이 끝나면 켄 선배한테 이걸 보여줘야지.

"앞으로 1년은 여기에 있을 것 같아."

치카 씨는 담담하게 말했지만, 기쁜 게 틀림없다. 입꼬리가 슬쩍 올라가 있었다. 이제 밤에 혼자 울지 않겠구나. 잘됐다 싶었다.

"미온, 여름방학에 같이 바비큐 파티 하자."

"좋은 생각이네. 꼭 오빠랑 친구도 데려와."

쇼고 씨의 제안에 치카 씨는 딱 하고 손가락을 튕겼다.

"오빠는 그렇다 쳐도, 친구는……."

순간 세라가 떠올랐지만, 곧바로 머릿속에서 지워버렸다.

"미온이 좋아하는 사람도 괜찮아."

갑자기 치카 씨가 귓가에 속삭였다.

"엇, 무리예요."

나도 모르게 큰 소리를 내버려서 쇼고 씨가 고개를 갸웃거렸다. 하지만 치카 씨 집에서 돌아오는 길에 계단을 내려가면서 생각했다.

'좋아하는 사람'을 초대하는 건 무리겠지만 '오빠의 친구'로 초대하면 가능할지도 모른다. '가능'했으면 좋겠다. 오빠가 켄 선배를 초대하면 이상하게 생각하지 않을 테니까. 꽤 괜찮은 아이디어였다.

"우선은 시험을 잘 봐야지."

선물 받은 목각 선인장을 손에 쥐고 집으로 돌아왔다.

사흘에 걸친 기말고사가 드디어 끝났다. 그리고 다음 날에 절반 이상의 시험지를 돌려받았다. 걱정했던 영어는 의외로 점수가 잘 나왔다.

"사토이, 영어 시험 어땠어?"

시험지를 받고 난 바로 다음 쉬는 시간에 오노우에가 말을 걸었다.

"펴, 평소보다 잘 봤어."

교실에서 누가 말을 걸다니, 좀처럼 없는 일이라 순간, 당황해 말을 더듬고 말았다.

"나도."

그가 손에 들고 있는 답안지를 슬쩍 훔쳐보았다. 세상에, 만점이다.

"그때 외우고 있던 문장 말야. 시험에 나왔지."

"응, 오노우에가 제대로 알려주지 않았다면 틀렸을 거야. 고마워."

"별거 아니야."

혼자가 되자마자 이번에는 언짢은 표정을 한 나카모리가 다가왔다.

"오노우에랑 무슨 얘기 했어?"

뒤에 세라도 딱 붙어있었다.

"전에 영어 노트에서 틀린 부분을 알려주었거든. 그게 시험에 나왔다는 얘기했어."

이상한 말이라도 했나. 두 사람은 눈을 맞추었다.

"꽤 친하게 얘기하던데."

친하다니, 저 정도는 누구나 하잖아. 나카모리는 무슨 말이 하고 싶은 걸까.

"세라가 오노우에 좋아하는 걸 알면서도 말이야."

나는 누군가가 좋아하는 사람이랑 공부 얘기도 하면 안 되나. 그보다 세라가 오노우에에 대해 나 말고도 다른 사람에게 이야기했다는 것에 충격을 받았다. 나카모리에게는 말할 수 없다고, 상담할 수 있는 건 나뿐이라고 했는데.

"어쩔 수 없었어."

세라에게 눈길을 주자, 휙 하고 시선을 피했다. 무슨 말이라도 했으면 좋겠는데 입을 꾹 다물고 있었다. 나카모리 말고 네가 말해. 전화로는 그렇게 수다스럽잖아. 머릿속 어딘가에서 툭 소리를 내며 무언가 끊어졌다.

"말을 걸었던 건 오노우에이긴 한데······."

그럼에도 간신히 입에서 나온 것은 이 한마디였다.

"세라가 앞으로 사토이에게 상담하지 않는다고 하면 어쩔 생각이야?"

매일같이 밤에 나와 통화한 것도 나카모리에게 전부 이야기했구나.

비밀로 하길 바랐던 건 아니지만 서로 웃었던 그 시간을 좀 더 진지하게 생각해 주길 바랐다. 나에게는 무척 소중한 시간이었는데. 이런 때에 남의 입에서 끄집어내듯이 쓰이지 않길 바랐다.

오노우에와 나눴던 짧은 대화를, 세라에게 말하지 않은 게 잘못한 거야? 아니, 내가 먼저 전화를 걸지는 않았지만 세라가 전화했을 때 거부 같은 건 하지 않았는데. 내가 한 일 때문에 기분이 상했다면 미안하다. 하지만 그렇다 하더라도 일방적으로 비난받는 건 잘못되었다. 내가 오노우에를 좋아한다면 이야기가 달라지겠지만······.

여러 가지 감정이 몰려오는데 무엇 하나 말로 할 수 없었다. 그저 세라가 나와의 시간을 소중하게 여기지 않았다는 사실이 슬퍼서 견딜 수 없었다. 이제 정말 모든 게 귀찮아졌다.

"내가 좋아하는 건 켄 선배야."

이런 말을 할 생각은 없었는데 엉겁결에 말하고 있었다. 오노우에는 친구도 아니다. 내가 더 이상 세라와 친구가 아닌 것처럼.

"그런 것 같았어."

이 흐름에서 그런 반응은 이상하잖아. 그렇게 생각했지만 세라와의 관계가 이런 식으로 끝나버린 충격으로 머리가 새하얘져서 결국 마지막까지 아무 말도 하지 못했다. 이 대화를, 두 사람뿐만 아니라 주변에 있던 반 학생들도 듣고 있었던 모양이다. 소문은 순식간에 빠르게 퍼져 나갔다.

◆

"미온, 다카사카 좋아해?"

다음 날 저녁, 오빠가 내 방에 온 걸 보고 소문이 2학년에게도 퍼졌다는 것을 알았다. 켄 선배의 귀에도 들어갔겠지. 어떻게 생각할까. 싫어하려나…….

시험 전까지 매일 같이 비밀 공간에서 둘이 시간을 보냈다. 아무리 착한 선배라도 싫었으면 말했겠지. 나를 좋아하는 건 아니더라도, 싫어하는 건 아닐 것이다.

"오빠랑은 상관없잖아."

"아니면 아니라고 사람들한테 말하려고."

오빠는 인기가 많으니까 여러 사람한테 들었겠지.

"아무것도 안 해도 돼. 진짜니까."

오빠는 잠시 눈을 깜박이더니, "그렇구나."라고 말했다.

"다카사카, 좋은 녀석이지."

나는 조용히 고개를 끄덕였다.

"자주 울긴 하지만."

오빠도 알고 있을 거라고 생각하긴 했지만, 나도 모르게 웃음이 터졌다.

"좀 그렇지."

"미온, 이건 뭐야?"

오빠의 시선 끝에는 책상 위에 올려둔 목각 선인장이 있었다.

"치카 씨 남편이 준 선물."

"선인장이야? 미온이랑 닮았어."

"무슨 뜻이야?"

"뾰족뾰족 가시가 있다는 점이라든가."

어차피 난 남의 기분을 생각하지 않고 말한다고.

"근데 속은 눈물로 가득 차있는 점이라든가."

선인장은 사막에서 사니까 체내에 수분을 많이 저장하고 있다고 했던가.

"눈물이라니?"

"요새 많으니까."

"나 그렇게 많이 울어?"

오빠는 '응'인지 '으응'인지 모를 소리를 내며 나의 머리를 거칠게 쓰다듬었다.

◆

다음 날 아침 메뉴는 무려 닭튀김이었다.

"아침부터 좀 과하네요, 엄마."

우리 집의 아침은 보통 빵과 달걀, 샐러드였다. 닭튀김 같은 메뉴가 나온 건 처음이었다.

"안 먹을 거면 내가 다 먹을 거야."

오빠는 이렇게 말하면서 닭튀김을 덥석 베어 먹었다.

"미온도 닭튀김 좋아하잖아."

"좋아하긴 하지만……."

나도 하나 집어서 입으로 가져갔다. 갓 튀겨서 무척 뜨거웠다.

"맛있는 거 먹으면 힘이 날 거야."

엄마는 이렇게 말하며 도시락을 마무리했다.

요 며칠, 자주 생각했다. 특별한 귀를 가진 것은 행복일까. 엄마처럼 눈물 소리로 섬세한 감정까지 파악할 수 있으면 편하기도 하지만 무척 피곤할 것 같다. 더군다나 가족이라면 더욱 괴롭겠지. 어디까지 들리지 않는 척, 신경 쓰지 않는 척해야 하는지 고민하는 것도 일이다.

"나 괜찮아."

강한 척하는 게 아니다. 정말 그렇게 생각했다. 여러 가지 일이 있었지만, 나는 지금의 내가 싫지 않다. 울어버릴 때도 있지만 그건 내 감정을 정리하기 위해서다. 내가 이 세상에 온 지 고작 13년이다. 울고 싶을 때는 앞으로도 실컷 울 것이다.

엄마는 잠시 나를 가만히 바라보다가 작게 고개를 끄덕였다.

♦

기말고사가 끝나고 며칠이 지났다. 이제 도와줄 일도 없어져 학생회실에 얼굴을 내밀 수도 없다. 내가 먼저 가지 않으면 선배를 만날 수 없었다. 이대로 내가 아무것도 하지 않으면 그저 시간만 흘러가려나. 그리고 1년 8개월 후쯤에 선배는 중학교를 졸업해서 내 성적으로는 갈 수 없는 엘리트 고등학교에 가겠지.

선배와 시간을 보낼 수 없는 지금, 나는 무엇을 해야 할까. 그동안 뭘 했더라. 맞아, 계속 미스터리 소설을 읽었었지. 하지만 최근엔 한 페이지도 읽지 않았다. 기악부의 연습 소리를 배경음악 삼아, 방과 후 교내를 걸었다.

걷고 싶은 건 아니었다. 선배는 여기저기 잘 다니니까 걷다 보면 스쳐 지나갈 수 있지 않을까. 그러면 인사를 하거나 가볍게 잡담 정도는 할 수 있을 거라는 작은 기대를 했다.

트럼펫과 클라리넷 소리가 들렸다. 전혀 조화롭지 않다고 생각한 나는 못된 걸까. 1층 창문에서 미술실을 살짝 들여다보았다. 남자는 오빠밖에 없어서 금세 발견할 수 있었다. 미술 선생님은 자리를 비웠는지 다들 떠들면서 붓을 움직이고 있었다.

이젤 앞에 앉아있는 오빠의 모습, 그럴듯하네. 저게 유화라고 했던가. 나는 그림에 전혀 관심이 없었지만, 그림 잘 그리는 건 조금 부러웠다.

"어, 미온?"

옆 창문에서 갑자기 누군가 나타났다 싶었는데, 거기엔 나나미 선배가 있었다.

"미술부였어요?"

"응. 사토이한테 볼일 있어? 불러줄까?"

나나미 선배는 내가 오빠 동생인 걸 알고 있었다.

"아, 아니에요. 괜찮아요."

"그래?"

나나미 선배를 마주치면 어떤 표정을 지어야 하나 고민했었는데, 의외로 괜찮았다. 내가 도시락을 혼자 먹는다는 소문이 나나미 선배의 귀에도 들어갔을지도 모르겠지만.

"켄이 말해줬어."

켄 선배의 이름은 지금의 내 심장에 좋지 않다.

"교칙 개정될 것 같다고."

아, 그 얘기인가.

"그리고 말이야……."

손짓하길래 쭈뼛쭈뼛 가까이 다가갔다. 귀를 빌려달라는 말에 한쪽 귀 뒤로 머리를 넘겨 꽂았다.

"미온네 오빠, 진짜 착해."

맙소사, 내게 바짝 다가와 속삭인 건 오빠 얘기였다.

"전에 내가 눈물이 날 것 같았을 때, 아직 울지 않았는데도 눈치채더라고."

그때 공원에서, 내 앞에서는 눈 안쪽에서도 눈물 한 방울 맺히지 않았던 나나미 선배가? 오빠 앞에서는 그럴 수 있었단 말이야?

"기뻤어."

확실히 거의 처음 보는 사람에게 마음을 열기는 어려

웠을 거다. 그래도 나랑 있을 때는 눈물을 흘릴 기색조차 없었는데.

"점심시간은 여전한가요?"

정말 이 사람은, 저번에 내 달걀말이를 먹었던 나나미 선배와 같은 사람이 맞나?

"응, 예전이랑 달라진 건 없어."

"그런가요."

전과 달리, '큰일이네요'라는 말은 할 수 없었다. '저도 화장실에서 먹고 있어요'라고는 더더욱 말할 수 없었다.

"그래도……."

나나미 선배의 밝은 목소리가 떨군 내 고개를 치켜세웠다.

"좋아하는 사람과 좋아하는 일이 있으면 어떻게든 살아갈 수 있어."

"좋아하는 사람이요?"

나나미 선배는 빨개진 얼굴로 쑥스러운 듯이 웃었다. 설마 집에서 음식을 몰래 집어먹기만 하는 우리 오빠?

"좋아하는 일은요?"

"그림 그리는 거. 좋아하는 사람이랑 같이 좋아하는 일을 할 수 있다니, 최고지."

이렇게 말하며 미소를 짓는 나나미 선배의 모습을 보니 무적이라는 생각이 들었다. 강하다고 할 레벨이 아니다. 대단하다고 생각했다. 이러쿵저러쿵하지 않고 자신이 가장 소중하게 여기는 것만 바라보고 있었다. 나나미 선배에게서 사랑에 빠진 여자의 눈물 소리가 났다. 좋아하는 사람을 떠올리며 맺히는 눈물은 다들 똑같구나. 그리고 마음속으로 안도했다. 나나미 선배가 좋아하는 사람은 켄 선배가 아니었구나.

"엇, 미온?"

오빠가 다가왔다. 나나미 선배는 훅 거리를 두었다.

"둘이 아는 사이였어?"

"지난번에 동생이 도시락 대접해 줬어."

"그, 치카 씨 없었을 때 그 도시락."

"아, 그때 같이 먹었다고 했던 게 호리우치였구나."

세라와는 어려웠지만 나나미 선배와는 좋은 친구가 될 수 있을까. 문득 그런 생각이 들었다.

"미온, 요리 잘하더라. 나는 못해서……."

"미온이 할 수 있는 건 달걀말이뿐이야."

"닭튀김도 튀기는 거 말고는 할 수 있거든."

"튀기는 게 제일 중요한데."

"엄마는 밑간이 중요하다고 했거든."

우리의 투닥거림을, 나나미 선배가 싱글거리며 듣고 있었다.

교칙이 바뀌면 비밀 공간에 초대해 보자. 나나미 선배는 혼자 도시락을 먹는 자신을 내버려두라고 했지만, 더 이야기 나눠보고 싶었다. 나에게 없는 강인함이 있는 사람인 나나미 선배가 멋있었다.

나나미 선배를 보고 있으니 또 켄 선배가 보고 싶다는 충동이 일었다. 내일 방과 후에 눈 딱 감고 학생회실에 가봐야지. 혹시라도 뭔가 도울 일이 있을지도 모르니까.

남의 말도 석 달이라는 속담도 있지만 우리 학교에서는 보통 3일이면 소문은 사라진다. 지금까지 늘 그랬다. 퍼질 만큼 퍼져서 다들 알게 되니, 더 재미있는 새로운 뉴스를 기다리는 상태가 되는 것이다. 그런데 내가 켄 선배를 좋아한다는 소문은 가라앉지 않았는지, 나흘이 지났는데도 복도를 지나가면 힐끔힐끔 쳐다보는 시선이 느껴졌다. 거짓말이 아니니까 이제 와서 부정할 수도 없었다.

"회장, 여자 친구 왔네."

방과 후 시간에 두근거리는 마음을 애써 진정시키고 용기 내어 학생회실로 갔더니 다른 임원들이 이렇게 말하면서 방을 나갔다.

여자 친구라니……. '연인'이라는 의미의 '여자 친구'일까.

"시험도 끝났는데 그동안 왜 안 왔어."

선배는 남들이 놀려도 전혀 신경 쓰지 않는 건지 진지한 얼굴로 말했다. 아무렇지 않아 보이는 선배의 모습에 그건 그것대로 마음이 답답했다.

"이런저런 일이 있었어요."

나는 학생회 임원도 아니니 사실 매일 오는 게 더 이상하다는 걸 선배도 알 텐데?

"교무실에 설문지 인쇄하러 갈 건데 도와줘."

혹시 선배는 소문을 못 들었을지도 몰라. 그게 아니라면 이렇게 평소와 같을 수는 없다.

"그러죠, 뭐."

그렇다면 나도 의식하지 말자. 주변에서 나를 어떻게 보든, 선배를 좋아하는 것이 나의 약점이 될 이유는 없잖아.

교무실로 가는 복도는 현관과 가까워서 사람이 많았

다. 친구끼리 이야기하는 사람도 있고 한 손에 노트를 들고 선생님에게 무언가 물어보는 사람도 있었다.

"장마가 끝났네."

선배는 더운지 들고 있던 큰 파일로 부채질했다.

"앞으로 점점 더워지겠네요."

사람들을 헤치듯이 우리는 앞으로 나아갔다. 여전히 주변 사람들이 쳐다봤지만 둘이 함께라면 전혀 문제가 되지 않는다. 오히려 당당해진다.

내일은 드디어 교칙 개정을 위한 회의가 열린다고 했다. 선배는 아직 선생님들이 떨떠름해한다고 말했다.

"그래도 서명은 많이 받았잖아요."

"그치."

그때 뒤에서 선배를 부르는 소리가 들렸다.

"다카사카."

학생회 고문인 스기노 선생님이었다.

"학칙을 바꾸려는 이유가 실은 여자 친구랑 같이 밥 먹고 싶어서 그런 거 아니야?"

히죽거리면서 천천히 우리 쪽으로 걸어왔다. 선생님은 분명 나를 보고 있었다. 순간 얼굴이 뜨거워졌다.

"아니에요."

머리 위로 선배 목소리가 지나가는가 싶었는데 눈물 소리가 나기 시작했다. 소리가 조금씩 커졌다. 뒤돌아보니 선배는 순간 고개를 숙였다가 곧바로 차분한 시선으로 선생님을 똑바로 바라보았다.

선배의 눈물 소리에 온몸의 피가 끓어오르는 것 같았다. 농담이라 한들 해도 되는 말과 안 되는 말이 있다. 선배가 얼마나 마음 아파하며 교칙 개정을 하기로 결심했는지 선생님은 모르면서.

꽉 쥔 주먹이 떨렸다. 그런데 아무 말도 할 수 없었다. 나는 학생회 임원도 아니고 선배와 사귀는 사이도 아닌걸. 친구인지도 의심스럽다. 켄 선배에게 나는 같은 반 친구의 여동생뿐일지도 모른다. 그래도 뭐라도 말하고 싶었다.

선배가 나를 어떻게 생각하는지 정확히 모르겠지만, 나는 선배가 소중하니까.

"스기노 선생님!"

나는 교무실로 들어가려는 선생님을 큰 소리로 불러세웠다.

"뭐야, 사토이. 그렇게 크게 부르지 않아도 다 들······."

"제가 화장실에서 밥을 먹고 있어서요."

"뭐?"

"저처럼 교실에서 도시락을 먹지 못하는 학생이 있어서 그런 학생들에게 선배는 다른 장소를 만들어 주려는 것뿐이에요."

세상에서 가장 아름다운 눈물을 흘리는 선배를, 그런 말로 모욕하지 마세요. 착한 사람을 그런 식으로 상처 주다니, 절대 용서할 수 없어. 조금 전까지 와자지껄했던 복도가 어느새 조용해졌다.

"그, 그래? 놀려서 미안하구나."

스기노 선생님은 그렇게 말하고 도망치듯 교무실로 들어갔다.

분하고 또 분해서 눈물이 나올 것 같았다. 선배의 눈물 소리도 점점 커지고 있었다.

가만히 보니 눈도 빨개졌다. 주변을 둘러보고 아차 싶었다. 이런 느낌의 소리라면 몇 초 안에, 눈에서 눈물이 터져 나올 것이다. 지금까지 선배는 계속 숨어서 울었는데 이렇게 사람 많은 곳에서 그 노력을 헛되게 할 수는 없다.

"선배, 가요."

어쨌든 지금은 여기를 벗어나야 한다. 꽉 쥐고 있던

주먹을 펴고 선배의 팔을 힘껏 잡아당겼다. 달리고 또 달려서 단숨에 계단을 뛰어 올라갔다.

"어디 가는데."

4층에 있는 학생회실 앞까지 쉬지 않고 달렸다.

"선인장이 보고 싶어서요."

숨이 차서 헐떡이며 말했다. 이제 선배의 눈물 소리가 멈추었다. 하지만 내 눈에서는 아직도 눈물이 흘러 넘칠 것 같았다. 선배는 두리번거리며 주변을 살피더니 아무도 없는 것을 확인하고는 내 손을 잡아 화장실로 들어갔다. 그리고 언제나처럼 열쇠를 꺼내 청소용품함 문을 열어 안쪽 비밀 공간으로 들어갔다.

"거짓말했네."

"무슨 말이에요?"

내가 괜한 짓을 한 건가.

"아무 일도 없다고 했잖아."

선배가 이렇게 낮은 목소리로 말한 적은 처음이었다.

"화장실에서 울었어?"

고개를 떨구자, 선배가 길게 한숨을 쉬었다.

"아무도 모르는 곳에서 울지 마."

선배를 따라가지 말걸. 눈물이 제멋대로 흘러내렸다.

"너는 내 눈물 소리가 들릴지 몰라도 네가 보이지 않는 곳에서 울면 나는 알 수가 없잖아."

고개를 드니 선배의 눈에도 눈물이 가득 차있었다.

"나는 아무도 못 보게 숨어서 울었는데 네가 알게 된 이후로 그것도 나쁘지 않다고 생각하게 됐어."

자신도 눈물을 흘리고 있으면서, 선배는 엄지손가락으로 조심스레 내 눈물을 닦아주었다.

"그 전까지는 생각이 바로 눈물로 드러나는 게 창피하고 정말 싫었어. 초등학교 때부터 학급 임원 같은 걸 많이 하니까 모두가 생각하는 나의 이미지를 깨지 않으려고 노력하는 게 버거웠어. 그런데 지금은 나를 알아주는 사람이 있어서 기뻐. 눈앞에서 울어도 되는 사람이 생겨서 좋아."

천천히 나도 손을 뻗었다. 그리고 선배가 해준 것처럼 눈물을 닦아주었다. 손끝이 전기가 오는 것처럼 찌릿하고 아픈 것 같기도 했다. 선배의 눈물은 처음 눈물 소리를 들었을 때 생각했던 대로 무척 뜨거웠다.

"왜 우는지 말하지 않아도 되니까 이제 혼자 울지 마."

선배는 내 손목을 부드럽게 감싸더니 펼쳐진 손바닥 위에 자기 얼굴을 갖다 대고는 놓지 않았다.

"선배도요."

눈물이 고여서 그런가. 선배가 등진 창문 너머로 일곱 가지 색깔의 무지개가 보였다. 장마가 끝났구나, 난생처음으로 실감했다.

♦

교칙 개정을 위한 회의는 무사히 끝났다. 선배 말로는, 스기노 선생님이 뒤에서 힘을 실어주었다고 했다. 그렇다고 해서 우리 학교는 교내 어디서든 도시락을 먹을 수 있는 건 아니지만, 빈 교실 몇 개를 점심시간에 개방하게 되었다. 그래서 반이나 학년을 넘어 같이 도시락을 먹을 수 있게 되었다.

드디어 다음 주부터 이 비밀 공간도 개방할 예정이다.

"방 이름, 생각해 봤어요?"

그도 그럴 것이, 선배는 이 방을 종종 '화장실 방'이라고 불렀다. 아늑한 공간이지만, 이름만 들어서는 연상되는 이미지가 좋지 않았다.

"그렇네. 뭐 좋은 생각 있어?"

지금은 개방을 위해 방을 청소하고 있다. 나는 창문을

닦고 선배는 바닥을 빗자루로 쓸었다.

"'선인장 방'은 어때요?"

뭐가 재미있는지, 선배는 웃음을 참는 것처럼 킥킥 웃었다.

"그러고 보니 소문 들었어. 1학년 사토이 미온이 나를 좋아한다던데."

언젠가 이렇게 놀림받을 날이 올 줄 알았지만, 그게 오늘이라고는 예상하지 못했다.

"주변 사람들한테 이런저런 말 많이 들었죠?"

그래서 이 소문에 대해 켄 선배에게 어떻게 대답할지, 아직 결정하지 못했다. 어쩌지, 그냥 소문이라고 말할 수도 있겠지만 그런 거짓말은 하는 건 그다지 내키지 않았다.

"이젠 듣기 싫을 정도로."

왠지 긴장돼서, 이제 깨끗해진 유리창을 괜히 더 닦았다.

"그래서 선배는 뭐라고……."

선배는 내 말이 끝나기도 전에 대답했다.

"이미 사귀고 있다고."

나도 모르게 뒤를 돌아보았다.

"네? 누구랑요?"

"미온이랑."

"네? 저요?"

이 방이 이렇게 밝았던가. 좋아하는 사람이 내 이름을 불러주다니, 내 이름의 뜻 그대로, 아름다운 소리였다. 에코가 걸린 것처럼 귓속을 간지럽혔다.

머리가 돌아가지 않아 멍하니 있었더니 선배는 내가 들고 있던 걸레를 가져가 창문 높은 곳을 닦기 시작했다.

"아니야?"

"그, 그래도 되긴 한데요."

목소리가 볼품없이 떨렸다. 날아오를 듯이 기뻤다. '무척', '엄청' 등 그 어떤 부사를 붙여도 부족할 정도로 기뻐서, 바보 같은 말을 해버렸다.

"나 좋아한다는 거 거짓말이야?"

"아니, 거짓말 아니에요."

웃음이 나와서 광대가 한껏 올라갔다. 지구의 중력이 바로 위에 있었던가.

"나도 미온을 좋아하니까, 그럼 문제없잖아."

그게 뭐야. 문제 많은데요. 이렇게 중요한 말을 아무렇지 않게 툭 말해버리다니.

"선배는 진짜…….."

유리창 너머로 눈이 마주쳤다. 뭔가 불만을 말하려고 했는데. 선배의 올곧고 뜨거운 시선에 입을 꾹 다물었다. 선배에게서 눈물 소리가 난다. 계속 듣고 싶어지는, 부드럽고 고운 멜로디였다.

"선배, 울어요?"

"시끄러워."

특별한 귀가 있어서 다행이다. 이 소리는 보통의 눈물이 아니라 나를 사랑하는 소리잖아. 한동안 선배에게서 나는 소리는 끊이지 않았고 나는 그 음악에 넋을 잃고 빠져들었다.

♦

여름방학 되자, 우리는 치카 씨 가족과 근처 강변에서 바비큐 파티를 열었다. 켄 선배와 함께 있으면 그곳이 어디든 즐거웠다.

"미온이 나나미랑 아는 사이였다니, 놀랐어."

켄 선배와 둘만 오기 부끄러워서 먹보 오빠와 나나미 선배도 불렀다.

"이런저런 우연이 겹쳐서요."

같이 가자고 했을 때 나나미 선배가 흥분한 모습은 대단했다. 뭘 가지고 갈지, 뭘 입고 갈지, '사랑에 빠진 여자아이' 모습에 압도되었달까.

"제가 레이 보고 있을 테니, 치카 씨 어서 드세요."

불붙이는 것부터 이것저것 전부, 남편분인 쇼고 씨와 오빠와 나나미, 켄 선배가 하나씩 도맡고 있어서 나도 무언가 할 수 있는 건 하고 싶었다.

"그래?"

레이는 안을 때마다 무거워진다. 움직임도 더 활발해졌다.

"아, 웃었다."

두 손을 힘껏 뻗고 레이가 즐거운 듯이 소리를 질렀다. 동시에 치카 씨에게 눈물 소리가 났다. 이 소리······.

치카 씨의 눈물은 쇼고 씨가 돌아온 후에도 가끔 들렸다. 그런데 예전과 비교하면 소리의 질이 많이 달라졌다. 그것은 따뜻하고 부드러운 소리였다, 어릴 때 엄마한테 자주 들렸던 소리다.

"요새 자주 웃어. 아무리 힘들어도 이 미소를 볼 수 있다면 무슨 일이든 할 수 있을 것 같아."

그렇게 말하며 옥수수를 덥석 무는 치카 씨는, 정말 행복해 보였다.

"미온, 잘됐다."

치카 씨의 식욕은 여전했다. 그릴 위의 고기와 채소가 순식간에 사라졌다.

"뭐가요?"

"켄 군, 맞지?"

"앗."

안 그래도 더운데, 얼굴에 한여름이 집중된 것 같다.

"미온, 무슨 얘기 해?"

방금 전, 대화가 들렸는지 켄 선배가 다가왔다.

"아무것도 아니에요!"

부끄러워서 도저히 얼굴을 보여줄 수 없었다.

"미온, 괜찮아?"

오빠가 고기를 입안 가득 넣고 다가왔다. 아마 나한테 소리가 났겠지. 이 소리의 종류, 혹시 오빠는 아직 모르는 걸까.

"괜찮으니까, 그냥 내버려둬."

품 안에 있는 레이가, 다 알고 있다는 듯이 까르르 웃었다.

"미온, 이따 마시멜로 굽자."

나나미 선배도 한 손에 접시를 들고 이쪽으로 왔다. 후우, 하고 크게 한숨을 쉬고 주위를 둘러보았다. 다들 약간 햇볕에 그을려 얼굴이 빨개져 있었다.

작가의 말

초등학생일 때, 나만의 규칙을 하나 정했습니다. 바로 무슨 일이 있어도 학교에서는 울지 않는 것. 의외로 지키기 어려운 일이라 교문을 한 발짝 나서자마자 눈물이 고였던 적도 있었습니다. 손으로 눈물을 훔치면 지나가는 사람에게 우는 걸 들킬까 봐, 애써 입꼬리를 올리고 흐르는 눈물을 삼키며 집까지 뛰어가곤 했었지요. 특히 한겨울에는 순간 얼굴이 시렸는데, 다행히 눈이 잘 내리지 않는 곳에서 나고 자란 덕에 얼었던 적은 없지만 지금도 아플 정도로 차가웠던 감각이 기억납니다.

남에게 눈물을 보이는 것은 부끄럽고 굳세지 못하다

고 생각했었어요. 필사적으로 억눌러도 어쩔 수 없을 때는 숨어서 울지 않은 척했지만, 실은 누군가 알아주길 바랐습니다. 생각해 보니 이때부터 이 이야기의 씨앗이 자라고 있었을지도 모르겠어요.

집필하면서 눈물에 대해 많은 생각을 했습니다.

어른이 된 지금, 타협해야 하는 일들이 많아지고 내가 울고 있으면 소중한 사람에게 슬픈 일이 생겼을 때 가장 먼저 달려갈 수 없다는 사실을 깨닫게 되면서 마냥 울고 있을 수만은 없을 때도 많지만, 그래도 눈물은 나를 알아가는 좋은 수단이라고 믿고 싶습니다.

나를 발견해 준 사람과 일들은, 가장 눈물이 많았을 때로부터 훨씬 나중에 찾아왔습니다. 힘들었겠다며 함께 울어준 친구들, 괜찮다며 등 떠밀어준 소설, 나는 하찮은 존재니까 무슨 일이 있어도 별거 아니라고 생각하게 만들어 준 밤하늘의 별들. 인생은 슬픈 일이 많지만 그게 전부가 아니에요. 내가 어떻게 하느냐에 따라 횟수는 줄일 수 없어도 시간은 단축시킬 수 있다고 생각해요. 힘들 때 흘리는 눈물은 지금 나에게는 특효약이랍니다.

다시 뵐 그날까지 모두 건강하시길.
눈물을 흘린다면 부디 따뜻한 곳에서.

가나리 하루카

눈물 소리가 들렸어요

초판 1쇄 인쇄 2025년 10월 22일
초판 1쇄 발행 2025년 10월 31일

지은이 가나리 하루카	**펴낸곳** (주)해피북스투유
옮긴이 장지현	**출판등록** 2016년 12월 12일 제2016-000343호
펴낸이 김문식 최민석	**주소** 서울시 서대문구 신촌로 25-1 보고타워 4층
총괄 임승규	**전화** 02)336-1203
편집장 조연수	**팩스** 02)336-1209
책임편집 한수림	
편집 백승민 이혜미 김민혜 이세정	
디자인 배현정	

©가나리 하루카, 2025
ISBN 979-11-7096-545-9 (03830)

- 이 책은 (주)해피북스투유와 저작권자와의 계약에 따라 발행한 것이므로 무단전재와 무단복제를 금지하며, 이 책 내용의 전부 또는 일부를 이용하려면 반드시 저작권자와 (주)해피북스투유의 서면 동의를 받아야 합니다.
- 잘못된 책은 구입하신 곳에서 바꾸어드립니다.